快跟超可愛的我交往吧！

快跟超可愛的
我交往吧！
vol.3

「這是什麼……『聖誕節一條龍服務』？」
「啊啊。以邀請單戀的對象，準備告白為主旨的活動啊。」
七峰 結朱
NANAMINE YUZU

「『聖誕節一條龍服務』……？
嘿……這個挺不錯的嘛。」
和泉 大和
IZUMI YAMATO

「這樣如何？」
「嗯～……合格。」

vol.3
快跟超可愛的我交往吧！
三上庫太
ill. Saine

CONTENTS

序章

——曾經，我也有過放棄通關某款ＲＰＧ。

絕不是因為玩起來無聊。

反而讓人沉迷其中的有趣。

然而，當我玩到魔王關前的存檔點時，便停下遊玩。

自己也覺得不可思議。

明明期待會迎來什麼樣的結局，還為了打倒魔王而提升等級，最後的最後，動力卻突然消失無蹤。

這其中的緣由我一直無法理解。

但是——跟結朱交往後，卻奇蹟地明白了。

我，大概是討厭事物的終結吧。

因為過程非常愉快。

即將迎來結局時，因為討厭破關之後再也沒有後續，留下最後的可能性。

要是那邊的世界再也無事可做，故事就真的結束了。

過度矛盾的二律背反。

正因為不想打通遊戲，才放棄遊玩。

注意到這點後，我覺得自己很傻，才繼續遊玩，在數年後通過遊戲。

只是……果然玩得越開心，要親手結束它時就越痛苦。

但是，玩得越開心，就越是非得親手結束它。

不然的話，就只會一直猶豫下去，什麼都無法達成。

——時光飛逝。

在命運的聖誕節前夜，我想起這段過往。

一章 但喜歡小結朱的心意是真切的吧

「雖然很唐突，但差不多該來考慮防寒對策了。」

一如既往的文藝社社辦。

遊玩遊戲告一段落後，在準備回家的期間，結朱忽然說了這句話。

她有著一頭不至於被老師責罵的褪了色的中長髮，以及一雙閃閃發光的大眼睛。

雖然很不想承認，但可愛的她正冷到縮著脖子搓著手。

「欸，畢竟十二月了。」

對於難得提出建設性的結朱，我給予肯定並看向窗外。

明明才五點，太陽卻已經西沉，一片昏暗。

雖然是理所當然的事情，但我們擅自使用的文藝社社辦沒有暖氣設備，在太陽西沉，收拾完遊戲機後，我們的體溫便是這間社辦的唯一熱源。

「對吧？這種時候不準備防寒對策的話，隨時都不好熬呢。」

一般來說女生的抗寒能力會比男生弱一些，結朱也不例外，看起來比我更難熬。

「哎呀，不過，冷到搓手的我說可愛也挺可愛的。」

訂正。看來還有餘力的樣子。

「先不管就算冬天也頭腦發熱的自戀狂，確實很冷，我也想去借個暖爐呢。」

雖然現在還撐得住，但日子一天天過去的話，可就難熬了。

「嗯～……這種時候想要借到暖爐不太可能吧。」

即使是交友廣闊的結朱，這時候還是難以做到。欸，這種寒冷時期應該沒有能讓出暖爐的傢伙吧。

「確實，要說有什麼容易做到的防寒對策……」

「哎呀？難不成剛才，有在考慮兩人抱在一起取暖？」

我對著說出謎之疑問的結朱，投以冰冷的眼神。

「完全是不可能考慮的方法啊。從沒想過跟妳抱在一起，之後都不會。」

「為什麼嘛。一般來說要思考一下才對。」

聽到結朱的話，我嗤笑一聲。

「真是可惜啊。我在這間社辦時只想著玩遊戲。做為一位玩家，要拋棄所有邪念，全心全力在遊戲上。」

「為什麼變得跟求道者一樣啦！通過遊戲你到底領悟到什麼！」

求道者啊。聽起來很帥呢，我就正向地收下囉。

「這麼想的話，這樣忍受寒冷也是種修行呢。」

「修行!?對於大和來說玩，遊戲不是娛樂而是修行!?」

「還有跟結朱在一起時也是修行。」

「什麼意思什麼意思啊!?是能鍛鍊什麼!?」

看到鼓起臉頰生著氣的結朱，我稍微思考一下後回答。

「不說多餘的話、保持沉默的精神力，之類的。」

「你這句就是多餘的話！」

「喔喔，說得對耶。」

被贏了一局。

面對直率認同的我，結朱給予狠狠的視線。

「這沒什麼欽佩的吧！回到剛才的話題，總而言之是防寒對策。」

結朱強硬地拉回正題。

我也沒有打算繼續無意義的話題，輕輕點個頭順應話題。

「現實一點的話，暖暖包如何呢？」

「是可以，但日積月累的話開銷很大呢，畢竟是消耗品。」

「那倒是。」

身為只有小額零用錢的高中生，這絕妙的價格可是一記重擊。

「那樣的話，穿多一點就是最好的方法吧？戴手套……會很難操作手把，圍巾應該可以。」

「咦～那樣的話有點——」

面對我提出的妥當提案，結朱不知為何面露難色。

「有哪裡不滿意嗎？」

我一問，她便輕輕碰觸胸口處閃閃發光的項鍊。

那是文化祭時做為禮物，我送給她的四葉草項鍊。

「如果圍上圍巾，不就看不到大和難得送給我的項鍊了。」

「喔、喔。」

我完美地受到突擊，不禁心動了一下。

但，對象是這傢伙的話就不太妙。

結朱馬上露出令人火大的壞笑。

「如何？剛才那句話。可愛吧？心動了吧？哎呀，突然做出女友滿分的言行真是不好意思呢。不過這份可愛是天生自帶就原諒我吧？」

「煩人的程度暴漲了啊!?」

毫無助跑便達到最高速的煩人程度，真不愧是結朱。

「一副冷得要命的樣子卻還這麼有精神啊。維持這樣也沒差吧。」

我敗給她突然的煩人程度而嘆了口氣，結朱不知為何笑意更深。

「喔，也就是說大和希望可以一直看到我戴著項鍊的樣子囉？討厭啦，你也太愛我了吧？」

「不管怎麼反駁都能有正向解釋嘛妳這傢伙！心臟太強大了吧！」

簡直就是精通百折不撓的專家，不是簡單的小角色。

「啊，不過如果是大和選來送我的圍巾，我可能會戴喔。那樣的話，即使看不到項鍊也能感受到愛。因此，下次的約會就為我選一條圍巾吧。」

「竟然順著話題決定了日後的安排，喂。」

欸，對我來說也沒什麼不妥就是了。

一條圍巾左右的花費，就能解決我不擅長制定約會的情況，挺划算的。

至少，是比買消耗品的暖暖包更加有意義的用錢方式。

「話雖如此，接下來還有期末考，下一次的約會還久得很吧？」

對話剛告一段落，結朱突然又發起脾氣。

「喂喂，那結果我還是得繼續受凍耶。」

我很快就為破綻百出的計畫感到震驚的時候，結朱惡作劇地笑了笑，挽住我的手臂。

「所以啊，在購買圍巾前就按照大和最開始的提案，像這樣用身體接觸來取暖吧。」

從緊密接觸的部位傳來體溫與柔軟，甚至還有近在眼前的結朱雙眸。

對此感到害羞的我，立刻移開視線。

「……那才不是我的提案吧。」

「是嗎？欸，誰提的都好。反正大和也能撈到好處嘛。」

「難不成直到期末考結束前都得這樣嗎？」

「是啊，哎呀，真是幸福呢，大和。」

結朱很有精神地展現一如往常的自戀樣。

但，我可以看出她是裝出來的。

「確實，畢竟人只要一害羞體溫就會升高的樣子，現在結朱非常的溫暖真是幫了大忙呢。」

我說出讓她動搖的話，途中，結朱的表情開始抽搐。

「才、才沒有害羞呢。」

「不用逞強喔？我已經知道妳的防禦跟紙糊的一樣了。」

「真、真的沒在害羞啦！」

「明明就在害羞，即使掩飾害羞也想黏著我啊，小結朱真是可愛呢。」

「不需要察覺到這點！是因為很冷！真的！」

「這樣的話，要不要把期末考結束後買圍巾給妳的計畫也延後呢——」

「啊～！啊～！聽不到！」

結朱大聲說著蓋掉我的話。

秉持著武士憐憫弱者的精神，我放棄追擊，結朱將自己的額頭輕輕抵上我手臂。

「大和真壞心……」

儘管這麼抱怨著，結朱卻沒有打算離開我的意思。

——最近，結朱跟我的身體接觸微妙地增加。

要說契機是什麼，絕對是一個月前的文化祭。

重新開始假扮情侶的日常，並與國中時期的朋友日菜再會。

我在心中跟自己的過去做妥協，在做為假情侶情況下經歷了高潮般的事件，我們心中的什麼正慢慢的、卻確確實實地開始改變。

「但是，大和會幫我選什麼款式的圍巾呢，真讓人期待呢。」

可能是為了反擊我，結朱走出文藝社社辦後，很明顯地提高了挑選圍巾的難度。

「難度提高太多我會很困擾的。」

畢竟也不想買了之後讓她失望，姑且先打個預防針。

「是嗎？我覺得這項鍊挑的很棒耶。」

「那是……偶爾找到的啦。」

一瞬間，差點脫口說出是從日菜那邊打聽到不錯的店面中挑選的，可以想見一旦說出來的話，結朱肯定會不高興，默默調整說法。

「原來如此。總覺得很明顯有女人身影在，不過既然你有留意到不說出名稱，我就不計較了。好好地感謝女友我的心胸寬大吧？」

但是，還是被結朱識破了，她用捉弄的眼神看著我。

「真是多謝了。下次我會自己挑的。」

欸，畢竟以前也幫日菜挑過衣服，所以有稍微研究過女性的流行服飾，應該勉強可以吧。

「唔，又在想別的女生了呢。」

「妳是會讀心喔。」

因為她的段位頗高吧，結朱發揮了超能力般的洞察力。

「哎呀這就是女生的直覺囉。只要我還是你女友，就別想花心喔。」

好恐怖的女人呢……這傢伙。

「本來就沒什麼好在意的。畢竟我啊，對結朱是一心一意的嘛？」

吐出半投降意味的話，結朱滿足地點點頭。

「那就好。順道一提，我買圍巾的預算不是很高，可別挑太貴的。」

原以為是要我買來當作禮物送給她，但結朱似乎要自己付錢。

「……沒關係的，一條圍巾的錢我還出得起。」

我如此提出後，結朱搖搖頭。

「不不，接下來還有聖誕節等著我們呢，現在雙方都不能花太多錢吧？」

看來是不讓我打腫臉充胖子，勉強買貴的東西，結朱也用自己的方式在為我著想。

這份顧慮，不禁讓我感動。

「這樣啊……我也很重視聖誕節呢。那就恭敬不如從命囉。」

我坦率地同意後，結朱似乎有點意外。

「咦，大和也很期待聖誕節啊。我還以為你會覺得很麻煩呢。」

「怎麼可能。今年有很多我期待的新作呢。」

「新作……？什麼意思？」

結朱疑惑地歪著頭。

「聖誕節可是遊戲的商戰時間。這個時候不管哪間開發商都會推出招牌大作。」

「是指那個!?這個時間點你還在想遊戲的事情!?」

身為玩家前輩的我給予她親切的指導，她的回饋卻不盡理想。

「咦，說到聖誕節當然是想到遊戲吧？」

面對一臉呆愕的我，結朱像是看到難以置信的事物般說著。

「怎麼可能是那樣！你是什麼ＲＰＧ笨蛋啦！笨蛋笨蛋！獲選亞洲不受歡迎邊緣人！」

「怎麼了啦，忽然罵我。」

無法跟上結朱的情緒起伏，我一臉困惑。

「到底是哪個世界的男友，會在女朋友拋出聖誕節話題後，討論起遊戲。」

「這個世界裡。」

「那樣的世界毀滅也好！也差不多該把我跟遊戲的優先順序交換了吧！」

結朱火冒三丈——

「就算妳這麼說……玩遊戲很開心啊。」

「跟小結朱在一起也很開心吧！」

欸，事到如今我也不會否認這件事。不過很遺憾地還有一個大問題。

「希望妳仔細想想，跟妳在一起時一定在玩遊戲吧？因此，提升結朱好感度的同時，也提升了遊戲的好感度。」

「這倒是意想不到的圈套呢！以後禁止在文藝社打電動好了!?」

喔喔，這樣下去她會氣到頒布遊戲禁止令。得想辦法讓她冷靜下來。

「不是啦，我並不打算為了遊戲冷落小結朱喔。」

「所以說？」

應該是願意聽我解釋吧，結朱雖然嘟著嘴還是降低了語調。

「我在想，結朱或許會跟小谷他們一起度過聖誕節。」

我們的身分是假情侶。

這層關係也是為了讓結朱能夠建立毫不滯礙的人際關係。

老是顧慮我，冷落另一邊的人際關係的話就本末倒置了。

「那、那倒是……」

大概是我的話聽起來有幾分道理，結朱雖然表情複雜，還是失落地點點頭。

「但是，明明有男友卻不一起慶祝聖誕節也會被懷疑呢。這種節日還是要兩人一起度過才行。」

稍微煩惱一會兒後，她如此回答。

欸，她說得也對，既然結朱這麼決定了，我也就沒理由拒絕了。

「妳說得對。那麼，聖誕節時我們去哪裡走走吧。」

我改為邀請她後，結朱的表情瞬間開朗起來。

「嗯！好期待喔！話說，你有什麼好計畫嗎？」

「妳認為才剛脫離聖誕節商戰的男人會有什麼計畫嗎？」

「……沒有。」

結朱開朗的表情再次蒙上一層陰影。

「對吧？就這點來說，既然結朱很期待聖誕節，應該會有想去的地方吧？要去哪裡就交給妳決定囉。」

我試著將決定權丟回去，結朱露骨地嘟起嘴表達不滿。

我將球拋回給她後，結朱明顯地嘟起嘴。

「好是好啦～我也沒指望大和～不過，也想過希望偶爾能被大和引領呢～之類的～畢竟是特別的日子～」

結朱刻意鬧著可愛的彆扭。

聽到她這樣說，我也不得不思考一下。

「明白了。那麼兩人一起去逛遊戲商店吧。」

「你根本不明白吧！我明明是要你忘記聖誕節商戰的事情！」

因為我說出對遊戲戀戀不捨的回答，結朱似乎真的生氣了，狠狠地瞪著我。

「大和不管過了多久都沒有萌生身為男友的自覺呢。」

「畢竟是假扮的……」

儘管我用正論直接反駁，似乎讓結朱更加不滿，她的表情比剛才更陰沉。

「但喜歡小結朱的心情是真切的吧。好，決定了。果然文藝社應該禁止玩遊戲。」

「拜託您稍等一下。」

面對再次使出最終奧義的結朱，我慌忙地制止她。

「才不等，在聖誕節之前都好好反省吧。」

「別啊，我已經深刻反省了。像馬里亞納海溝一樣深的深刻反省，」

「我才不信。」

短短幾分鐘內，結朱對我的信賴就蕩然無存，很難讓她恢復心情。

咕……得做點什麼才行。

「那麼，至少給我一次機會。下次會好好思考的。」

「……真的？」

我拚死的請求終於傳達給她了吧，結朱的態度稍微軟化。

為了突破好不容易出現的些許縫隙，我不斷用力地點頭。

「真的，還請給我一個機會，證明對小結朱的愛。」

「唔……聽你這麼說也不是不行呢。好，就再給你一次機會吧。」

「感激不盡。」

看到處分被順利撤回，我鬆了口氣。

「那麼，直到下週前要想出一個完美的聖誕節約會計畫喔。如果讓我滿意的話，這件事就當作沒發生過。」

「……順便一問，如果不滿意的話呢？」

「就沒收文藝社社辦內的所有記憶卡。」

「妳是魔鬼喔！」

面對過於嚴厲的處罰，我發出近乎悲鳴的聲音。

跟遊戲機本體可以自主存檔的現代遊戲機不同，我們社辦使用的復古遊戲機，是不使用名為記憶卡的太古遺物就無法存檔。

「哼哼哼。好好享受一下無論怎麼推進遊戲進度都無法記憶的地獄滋味吧。」

似乎很滿意我的戰戰兢兢，結朱露出一臉壞笑。

「這裡是三徒川嗎……怎麼會變成這樣。」

我對於聖誕節的漠不關心，竟然孕育出一個惡魔嗎？

「我很期待下週喔？大和。」

看著開心地對我拋媚眼的結朱，我咬牙切齒地回瞪她。

「咕……我絕對不會輸。走著瞧，我會想出一個完美的聖誕節約會計畫，讓妳閉上嘴。」

難以想像是情侶互動的宣戰聲明，響徹夜晚的街道。

宣戰聲明後的第二天。

雖然是午休但我沒有跟結朱一起用餐，而是坐在後院的樹根處，一邊吃著麵包一邊看著手機。

「得想出一個符合聖誕節的計畫才行……」

儘管邊懷著危機感邊搜索情報，卻遲遲沒有什麼好靈感。

「『在著名的主題樂園度過聖誕節』……感覺會擠得要死，而且應該也買不到票。『聖誕節限定餐點計畫』……不過這也太貴。我可是高中生。」

在網上搜索出一些幾年前的舊情報，也有一些企業關係者為了推銷自家產品而製作的宣傳訊息，可以說是玉石混淆。

一搜索聖誕節這種大型活動，情報量如洪水般湧現。

實在難以從中找到我想要的情報。

「……再說，怎麼大多是花錢的項目啊，我只是個區區高中生耶。」

企業的推銷項目都是以有消費能力的社會人士為主要對象，隨意花錢的約會項目也太多。

就沒有什麼適合的活動嗎？既合適又有情調，還能活絡氣氛的活動。
「哈啊……真的沒有嗎？既合適又有情調，還能活絡氣氛的活動。」
忽然，我聽到附近有女生的聲音。
她說的內容跟我所想太過雷同，我不禁訝異地環顧四周。
接著，我看到自己依靠的樹的另一側，亞麻色的頭髮隨風飄散。
「……小谷？」
一喊她的名字，對面的女生訝異地回過頭。
亞麻色的頭髮，搭配端正的五官，果然是小谷。
她似乎也在搜索著什麼，手上拿著手機。
小谷一看到我，稍微震驚地張大了雙眼。
「原來是和泉啊。完全沒注意到呢，你也太沒存在感了吧？」
「妳管我。這也是我的優點呢。」
雖然莫名受到傷害但我還是將錯就錯，導致她一臉愕然。
「這算什麼優點啊……話說回來，你在這裡做什麼？」
「沒什麼啊，吃午餐罷了。」
「哼嗯……也沒帶著結朱自己一個人？」

看到她不可思議的樣子，我聳了聳肩。

「也會有這種時候啦。妳才是難得一個人呢。」

今天看起來也沒有在等櫻庭的樣子，是一個人在思考事情吧。

「……我啊，也是有這種時候的。」

「這樣啊。」

我點點頭，對話便中止了。

雖然有結朱這個樞紐在，但我跟小谷的接點非常薄弱。

如果是不相干的人還可以無視，正因為事實並非如此才麻煩。

因此，『如果有要事還能談談，沒意義的閒聊就不行了』這種時候，我身為陰角的潛在能力就被完全顯露出來了。

「……吶，你跟結朱的聖誕節有什麼計畫嗎？」

但是跟我不同，小谷可是陽角中的陽角。

她裝作不知道我的內心想法繼續說道。

「算是，決定要約會吧。」

「哼嗯……難不成現在，你一個人在思考約會計畫？」

「算是吧。要是計畫太寒酸的話她就要頒布遊戲禁止令，所以我現在很拚命。」

面對不禁發著牢騷的我，小谷輕輕露出苦笑。

「是嗎，真讓人羨慕。」

「……剛才的話哪一點值得羨慕啊？」

聽到我的疑惑，小谷輕嘆了口氣並點點頭。

「當然有。能跟喜歡的人約會，確實羨慕。」

這時候，我終於察覺她剛才用手機搜索什麼了。

「小谷不邀請櫻庭嗎？」

一詢問，小谷便羞紅了臉。

「…………會啊。大概、一定、可能。」

「不安的話語增加了呢。」

我不禁吐槽後，她撇向一旁玩起髮尾。

「你好煩喔。真好呢，你這個人，好像是對方跟你告白的。」

「是啊，那時候嚇了一大跳。該怎麼說，就像是遭遇交通事故一樣吧？」

聽到我深刻的回顧，小谷一臉訝異。

「完全感受不到愛意的譬喻……呢，這樣啊。那時候是欺騙我們對吧？」

「算是吧。」

事實上現在還是假情侶就是了。

「哼……那麼，現在的交往，還是對方跟你告白嗎？那時候是什麼情況？」

「妳這麼想知道喔。」

至今為止，很少看到小谷對我這麼感興趣。

「又沒差，你又不會少塊肉。」

儘管尷尬，小谷還是打算打破砂鍋問到底。

看來她特別想要收集告白的情報呢。

「是沒差……第二次也是結朱告白的喔。沒想到我會在短時間內遭遇兩次交通事故。」

「果然感覺不到愛情呢。」

聽到我深刻的回顧，小谷果然露出訝異的表情。

「沒那種事喔。我也是用自己的方式愛著小結朱。」

如果被懷疑也很麻煩，我更加秀出恩愛。

接著，小谷像是被戳到什麼笑點，輕笑起來。

「是呢，看來有好好珍惜她呢？」

她一邊意味深長地說著，一邊小幅度指著自己的脖子。

這個動作的含意……欸，是指那條項鍊吧。

「……妳聽結朱說了嗎？」

「算是吧。每天都帶同一條項鍊當然會注意到，一問她就會晒恩愛呢。你們進展順利真是再好不過了。」

「……那真是謝謝了。」

結朱向朋友炫耀了那條項鍊啊。

光是想像那個場景，我就害羞到不行。不過，這肯定不是什麼不好的心情。

「有那麼對我晒恩愛的女友在，你果然很幸福呢。真讓人羨慕。」

小谷笑鬧了我一番後，似乎是又想到自己的戀愛狀況，小谷深深嘆了口氣。

看來已經相當神經質了呢……

不管怎樣，讓他們能夠順利進展，也是我們扮演假情侶的使命。

不能放著不管。

「這麼不安的話，我來幫妳準備約會的安排吧？」

我如此提出後，小谷的動作僵了一下。

隨後，她以比剛才更認真的表情看著我。

「……沒關係。上次也是，讓你幫我安排。同樣的事情一再重複是無法進步的。」

「……這樣啊。」

小谷都這樣說的話，我也不能勉強她。

「欸，你的好意我心領了。我也在上次告白被甩後，從中學到了一些。」

「……那是？」

她的口吻勾起我的興趣，我詢問後，她既不惋惜也不害羞，坦蕩蕩開始說道。

「告白的時候啊，我只看到自己不足的地方喔。我的性格這麼差難以交往之類的，兩個人交談次數不夠之類的，最近沒什麼對上視線之類的。」

聽著這句充滿真切的沉重話語，我也不禁專心傾聽。

「平常不在意或是無意識撇開視線的部分，就是這部分帶來的壓力。所以告白的時候，有多喜歡對方是毫無疑問的，但有多喜歡自己也是很重要的。」

「……原來如此。」

告白前的心理準備，保持自信。

之前就是這點不足，她才通過過往的苦痛學到這點。

「嗯，所以，不能像之前那樣拜託他人幫自己搭建舞臺，首先自己要好好邀約他約會。告白的話下一步再做打算。」

既然已有如此決心，我也不需要做什麼多餘的事。

「我知道了。我也會在背後支持妳的。」

「好的，而且和泉也在苦惱自己的約會，拜託你也不太好意思。」

聽著小谷帶點調笑的話，我無法反駁，只是聳聳肩。

「確實，查了網路也找不到什麼好點子，妳知道有什麼開銷較低又能讓結朱開心的方法嗎？」

時機正好。

和結朱關係緊密的小谷，說不定有什麼好主意，我試著詢問。

「這個嘛……去欣賞聖誕燈應該不錯吧？逛街不會有額外花費，也很漂亮。」

她稍微思考後說出的答案，是比我預期中更加精準的提議。

「喔喔，這正是我想要的。這附近有不錯的地點嗎？我趕快來找找。」

我幹勁十足地用手機上網搜索。

「啊，要選附近的活動的話，比起上網搜索，當地的情報雜誌會更有用喔。雜誌會比較詳細也能獲得新情報。」

「原來如此，真是完美的情報呢。謝啦，小谷。」

恍然大悟的我道謝後，她露出平穩的表情。

「欸，就當作你之前幫我的回禮吧。」

「……嗯。那我就坦然接受囉。」

對著這樣的她，我也回以笑容。

放學後。

跟今天有約的結朱分別，我一個人走往車站前。

目的只有一個。遵循小谷的建議，前往書店購買雜誌。

「……但是，怎麼看都已經是聖誕節了啊。」

進入十二月的街道已經完全切換成聖誕節模式了，早早換上聖誕樹裝扮的行道樹與聖誕歌的旋律，點綴著各個角落。

再怎麼性急的聖誕老人，也不會這麼快進入聖誕模式。

思考著這些無聊的小事，我走進車站前的大型書店。

「歡迎光臨～」

一踏入店門，店員的招呼聲與暖氣房的溫暖迎面而來。

持續暴露在冬天寒風中的身體，隨著暖氣漸漸變暖。

感到微妙舒暢的放鬆同時，腦中不知為何有個疑惑。

「……剛才店員的聲音總覺得在哪裡聽過？」

我帶著疑問走進店裡。

這時，感受到背後傳來的視線——

「哎呀，大和？」

突然被喊名字，我反射性地轉頭望向聲音處。

站在那裡的是，將長髮綁成馬尾，身穿像是制服圍裙的少女。

她是我的朋友，柊日菜乃。

「你怎麼來這種地方？」

她帶著一絲訝異地朝我走來。

「沒什麼，想買幾本雜誌來看看……比起這個，原來日菜在這邊打工啊。」

「嗯，不過是短期的。你想嘛，歲末年初總是有些必要花費嘛。」

日菜有些害羞地笑了笑。

接著，我突然靈感乍現。

「怎麼，打算跟朋友出去玩嗎？」

「對啊，跟女子籃球社的大家一起慶祝聖誕節。」

果然啊。

日菜以前跟我報告自己要跟朋友出去玩的時候，就是這副表情。

大概就算變開朗了，這點還是難以改變吧。

「女子籃球部的聖誕節啊……真懷念呢。」

「呼呼，大和要一起來嗎？」

看到我陷入回憶的模樣，日菜捉弄似地邀請。

「別開玩笑了。我是已經發誓再也不會踏入女子會的男人。」

國中時候，同樣被日菜邀請參加女子籃球社的聖誕節派對。

那時的日菜還沒有完全學會社交，我擔心她在多人聚會上會緊張，所以就一起參加了——

「大和因為被人吐槽女子會不能混進男生，被處以扮成短裙聖誕老人之刑呢。」

「不要讓我想起來啊。」

為了不想起心理創傷，我皺著眉頭瞪著日菜。

但是，她卻當成耳邊風，聳聳肩。

「不過很適合喔？」

「適合還得了啊！反而讓人震驚耶！」

我全力否認後，日菜摸摸自己頭髮上的髮夾。

「明明自願戴著女用的髮夾吧？」

「這點我倒是無法否認！」

被壓倒性的黑歷史擊倒，完全無法反駁。

我為什麼會買那東西啊。

「……服裝的話，日菜才是沒關係嗎？那個時候說『因為不知道要穿什麼所以拒絕了』這種話。」

「唔！沒、沒問題的。那個時候不也去了。」

面對我的反擊，日菜退縮了。

我不讓她逃跑，展開追擊。

「是啊，更精準的是『因為不知道要穿什麼所以想拒絕，但由於沒有拒絕的勇氣只好去了』，應該這麼說？」

「不、不要想起多餘的事情啦……！」

面對黑歷史的逆襲，日菜瞬間紅了臉。

「記得那時候還是我跟妳一起挑衣服呢。如何，這次要不要也幫妳挑衣服？」

「不、不用啦。適合的衣服還是有的！」

我們一邊用黑歷史互相攻擊，一邊互瞪著。

「……毫無意義啊。」

「……嗯。」

注意到這樣的互嗆不會有什麼結果時，又簽定了休戰協議。

「真是的，大和真是壞心。」

小谷邊鼓著臉邊向我抗議。

「彼此彼此。妳變得這麼開朗我也挺困擾的。」

我也一臉不滿地回瞪她。

我們就這樣互瞪了幾秒後，這次終於感到無聊，同時露出苦笑。

「欸，大和開心就好。」

「這點，彼此彼此呢。」

日菜隨後又再度整理起書架，邊跟我閒聊。

「話說回來，大和會跟七峰同學一起過聖誕節吧？」

「是啊。」

儘管有點害羞，我還是坦率地點頭。

「嘿，有決定要去哪裡了嗎？」

「還沒，就是為了這點來買雜誌，有什麼介紹聖誕節活動的地方情報雜誌嗎？」

既然女子籃球社也要舉辦聖誕節活動的話，應該有先調查這附近的活動情報。

想說我可能剛好遇到合適的情報源便試著詢問後，日菜從書架上拿出幾本雜誌。

「這本跟這本。還有……那本吧？來，給你。」

隨後，她將拿出的數本雜誌遞給我。

「……妳也給太多本。有推薦哪一本嗎？」

要全部買下的話，花費過大啊。

「全部。」

「……也太會做生意。」

我不禁用怨恨的眼神瞪著她，日菜卻對我露出若是以前絕對無法想像的惡作劇般的笑容。

「以上都是開玩笑的，這本怎麼樣？」

日菜挑選出她最推薦的一本。

「唔……妳啊，真的有夠壞心耶。」

「沒禮貌。我可是為了降低友人的聖誕節開銷，而特地選出最推薦雜誌的大好人呢？」

日菜心平氣和地說著。欸，這麼說也是沒錯啦。

「好吧，這次確實受妳幫助了。等日菜有喜歡的人的時候，我也會全力幫妳的。」

「咦，那是什麼犯罪預告啊。真可怕。」

看到我露出超級爽朗的笑容，日菜終於浮現害怕的表情。

不管怎麼說，我們兩人走向收銀臺，讓她結帳。

「哈啊～……雖然只買一本但還是很傷啊。我也做個短期打工好了。」

所謂的雜誌，對於高中生來說就是很貴。

「那麼，車站前的掃地打工如何呢？隔壁車站前會舉辦平安夜活動，正在募集隔天的掃除人員。」

「感覺不錯……只是聖誕節時期去清潔街道總覺得勞心勞力啊。」

「確實，人類就是很難活得漂亮呢。」

日菜邊苦笑邊將雜誌裝入紙袋中後遞給我。

「確定要去哪裡後跟我說一聲喔。我會盡量不跟你重疊。」

的確，依照文化祭所見，結朱意外對日菜相當警戒。

如果聖誕節遇到男友的女性友人們，或許會打消結朱的好心情吧。

「多謝妳的顧慮了。」

身為舊識又是手把手帶起的日菜替我顧慮這麼多，總覺得有些害羞。

我不好意思地向她道謝後，她露出帶點惡作劇的笑容。

「欸，如果在聖誕節前被七峰同學甩掉的話，我們女子會也是可以收留你啦。」

「吵死了。」

從多嘴一句話的日菜手上接下紙袋後，我走出店裡。

我隨後進入書店隔壁的速食店，買了一杯咖啡後看起雜誌。

不愧是書店店員親自推薦的雜誌，裡面網羅了我現在所需要的情報。

其中，有一項活動讓我在意。

「『聖誕節一條龍服務』……？」

似乎是在平安夜，離這裡一個車站遠的街道上舉辦的活動。

我看了看去年舉辦時的照片，車站前街道的所有建築都裝上LED彩燈，點綴得相當華麗，還有個巨大的的噴水廣場映射著街道燦爛的燈光。

「欸……這個不錯耶。」

又近，又不怎麼花錢，又夢幻，感覺女生會喜歡。

「好，就決定是這個了。」

我隨意看了看活動相關報導後，啪的一聲闔上雜誌。

——這個時候，我還沒意識到，沒有好好閱讀那篇報導的這件事，之後會讓我陷入絕境。

放學後。

跟大和說今天有約而分開後，結朱前往咖啡廳。

「歡迎光臨～請問是一位嗎？」

「啊，我的朋友應該先到了。」

如此回答後，結朱一進入店裡便看到已先抵達的亞妃跟啟吾。

為了今天跟他們約會，結朱取消了跟大和的兩人時間。

「久等了，兩位。颯太呢？」

結朱輕聲打招呼並走近，兩人的視線都從手機移開並抬起頭來回應。

「嗨嗨，小結朱。颯太會晚一點到。他說今天只有個小會議，應該不會太晚到。」

「這樣啊。那麼，你們兩個人剛才在看什麼看得津津有味？」

結朱坐到亞妃身邊並詢問後，亞妃突然僵住了。

「……就聖誕節的時候，有點事。」

看到亞妃有點難以啟齒的樣子，結朱恍然大悟。

結朱為了確認這點看向啟吾，他似乎也察覺到那抹眼神的含意，點點頭。

「亞妃好像打算約颯太一起。」

「喔～……下定決心了啊。」

同時感到震驚跟認同，結朱看向亞妃。

「嗯，欸。雖然不知道能不能順利開口就是了。」

她雖然感到不好意思，但沒有否定。

「那麼，現在就是作戰會議囉？」

結朱身體前傾地詢問，啟吾點點頭。

「就是這樣。畢竟是亞妃的關鍵一戰，得選一個讓人滿意的告白舞臺才行！」

聽到啟吾幹勁十足的話，亞妃震驚地抬起頭。

「不、不是啦，還沒有決定要告白啦！光能約會就不錯了。」

亞妃似乎還沒決定好這一步，滿臉通紅。

看到這一幕，結朱也精神十足地點點頭。

「我明白了。為了亞妃我也會努力幫忙挑選告白舞臺的喔！」

「怎麼結朱也這樣!?」

亞妃一臉愕然地看著跟著起鬨的結朱。

「妳看，小結朱也這麼說了，快下定決心吧。」

「不行啦！我還沒做好心理準備。」

亞妃拚命搖著頭，拒絕了啟吾的建議。

「真是的。明明是冬天怎麼變得這麼熱。我去冷靜一下。」

一說完，亞妃逃也似地……小跑著逃向廁所。

「雖然有感受到進度……但還是很晚熟呢，亞妃。」

啟吾邊看著友人逃之夭夭的背影，露出苦笑。

「欸，那點也是亞妃的可愛之處喔。」

儘管透過那副模樣難以想像，但平時的她，可是無論對手是誰，都大大方方、堅定不移的少女。

這對於時常迎合他人，扼殺自己真實心意的結朱來說，那樣的她的身姿是如此眩目與讓人欣羨。

不需要掩蓋什麼，如此展現自我便令人喜愛的少女。

結朱也是被這樣的她吸引而成為朋友……但不知為什麼，她一談到戀愛就變得如此晚熟。

「我也這麼覺得呢。只是，也差不多該一決勝負了吧。」

啟吾溫柔地苦笑著，認同結朱的話。

「實際問題是，你覺得亞妃的勝率是多少呢？」

雖然表面上若無其事，但就結朱的立場來說，亞妃和颯太的事情她很難深入調查。

現在這個時間點，兩人關係進展到哪裡，結朱也不太清楚。

「五五波吧。的確不能說毫無機會。所以才希望她藉由浪漫的活動，一鼓作氣攻下他。」

若這是啟吾的估算，可信度應該很高。

「一半一半啊……這種時間點，只能告白了吧。」

聽到這稱不上是高的勝率，結朱面露難色。

「是啊，我覺得現在是最佳時機。」

但是，啟吾意志堅定地點點頭。

「如果關係固定下來，就無法變動了。颯太這次是真的想維持住團隊和諧吧，亞妃應該也有意識到這點。想要改變雙方的關係這是最後的機會了。」

從啟吾的話中可以窺見真切與危機感，確實很有說服力。

因為，結朱面對同樣的問題，也會做出同樣的結論。

現在的關係讓人覺得舒適……也因此讓她害怕。

害怕他們的關係就此固定，是不是永遠只能是朋友。

「而且，難得又看到這麼好的活動。」

啟吾邊說著，邊從書包拿出雜誌給結朱看。

「這是什麼……『聖誕節一條龍服務』？」

絢爛彩燈的照片，搭配活動名稱。

這似乎是平安夜時，會在附近車站舉辦的活動。

「這個合適嗎？」

景色雖然漂亮，但這樣的光景其他地方也有吧。

離這裡近是挺不錯的，但除此之外沒什麼亮點。

「嗯，其實這個是讓單戀者告白為主旨的活動喔。周圍的人也大多是同樣的目的，很合適吧？」

「原來如此……」

如果是以告白為主旨的活動，或許十分貼切。

話說回來，有個大問題。

「……但是，這樣一來，邀請的同時不就跟告白一樣了？」

當結朱指出致命性缺點時，啟吾不知為何壞笑起來。

「是啊，所以我打算在不跟亞妃說明的情況下，推薦她去約颯太參加這活動。那樣的話，不需要鼓起什麼勇氣，在本人不知情的情況下就告白成功的計畫。」

「竟然出這種餿主意……」

面對愕然的結朱，啟吾卻當成耳邊風聳聳肩。

「畢竟是為了重要朋友，背點黑鍋也沒差。老實說，這計畫應該挺完美的吧？」

結朱也笑著點點頭，認同他的話。

「是呢，要是能排除一個問題就好。」

「問題？是什麼？」

「你看看身後吧。」

面對疑惑的啟吾，結朱靜靜地指著他的身後。

「真是有趣的計畫呢，啟吾。」

站在他身後的是，聽到剛才全部計畫的亞妃。

瞬間，啟吾便面色慘白。

「不、不是啦這是，那個……」

「哪個？有藉口的話說來聽聽啊。」

「沒有！非常抱歉！」

面對亞妃極大的威壓，啟吾瞬間棄械投降。

不管那樣的兩位友人，結朱緊緊盯著「聖誕節一條龍服務」的照片。

絢爛的彩燈和噴泉構成夢幻的景象。

適合告白的氛圍。

「……他，會邀請我嗎？」

不經意地，結朱吐露對於另一件事的嘆息。

雖然他說會思考約會計畫，但不知道認真到什麼程度。

不管過了多久，都是不得要領的男朋友啊。

「……文化祭的時候，都為了我那麼努力。」

再要求他一次，是不是太超過了呢。

或許是露出了煩惱的表情吧，威懾著啟吾的亞妃看向她。

「結朱，怎麼了？」

「不，沒什麼。」

面對疑惑的友人，結朱擠出笑容隱藏真心。

從結朱那邊領命規劃聖誕節約會計畫後，到今天剛好過了一週。

「那麼，今天是約會計畫的截止日，沒有逃避而好好思考了吧？」

放學後的文藝社教室。

在迎來截止日的今天，我跟結朱正面對峙。

「當然，我可是擅長練等的男人。這一週，可是好好提供了男友等級。」

準備好計畫而從容不迫的我，露出無畏的笑容。

決定好主要活動後，我花了一週的時間擬定當天的行動，以及預想可能出現的突發狀況。

就讓妳見識見識什麼叫作完美無缺的約會計畫。

「喔，真是太讓人期待了。」

結朱也邊露出魔王般的笑容，邊擺弄著放在手上的幾張記憶卡。

如果我的約會計畫沒通過，我就得跟記憶卡永遠告別了。

積累了寶貴的回憶，以及乘載未來的小小裝置。

我一定，會守護它們的。

「那麼大和！請發表你的約會計畫！」

隨著結朱的一聲令下，我點點頭。

「我所準備的是……這個！」

我從書包中取出的是，幾天前買下的雜誌。

「參加這個『聖誕節一條龍服務』！這就是我的計畫啦！」

我抱著必死的決心使出殺手鐧。

那麼，結朱的判決究竟是!?

「…………咦？」

在屏氣凝神等待判決的我的面前，結朱一臉愕然地僵立當場。

記憶卡一張一張地從她手中滑落。

「唔哇!?」

快要掉到地板之前，我趕緊接住它們。

「嚇死我了……記憶卡差點就報銷了。」

鬆了口氣後，我抬頭看向結朱。

「喂，結朱，突然怎麼了？啊，難不成妳不喜歡我準備的計畫才打算摔壞記憶卡……？」

我惴惴不安地詢問後，結朱舉止詭異地再次行動起來。

「不、不是喔。沒想到大和會邀我參加那種活動，嚇了一跳。」

看來被認為是很沒有品味的選擇呢……有點失落。

接著，結朱不知為何一臉震驚地看著我。

「那個，姑且問問，你是問了誰才選了這個活動？」

她詢問了奇怪的問題。

我的腦海瞬間閃過小谷跟日菜的臉，但也算不上是她們挑給我的。

「不是，是我自己選的。這個十足十，是我自己的想法。」

要是結朱像之前挑選圍巾時發動女人的第六感就糟了，我再三強調這點。

這時，結朱害羞地低下頭。

「這、這樣啊……自己的想法啊。」

我該怎麼正確理解結朱的這個反應呢。

「就是我真心考慮後做出的選擇，希望妳能理解。」

我判斷只能用誠意來說服她，決定用彰顯真心的精神論做為武器來說服她。

「真、真心的啊。嘿～喔～……嗯。」

結朱的樣子變得更心神不寧。

明明一副心神不寧，嘴角卻止不住笑意。

這個人的精神狀態到底是怎麼回事啊。

……不對，等等。

平時態度直率的結朱竟然欲言又止，很可疑呢。

難不成她的心神不寧其實是焦躁不滿？完全不滿意這個計畫!?

「您、您要是不喜歡的話，小的馬上再去想別的企劃……？」

為了親愛的記憶卡，我突然低聲下氣。敗給壓力的丟臉男子。

「不、不用重新計畫喔！不用！」

意外地，結朱慌忙否定。

「是嗎？總覺得妳不怎麼感興趣。」

「沒、沒有那種事喔……我覺得很棒……」

結朱不知為何連脖子都變紅了。

欸，怎麼搞的？有什麼需要臉紅的理由嗎？難不成是憤怒？氣到臉紅？

「不，不用勉強也沒關係喔。我希望能夠明白結朱的想法。」

如果之後跟我說她不滿意的話，我可撐不住啊。而且，那個時候再破壞記憶卡，我也撐不住啊。

儘管我這樣詢問，結朱卻不僅是臉紅，眼神更是四處游移起來。

「想、想法……這樣啊，我很開心喔……」

「真的嗎？」

結朱結結巴巴的說話方式，讓我更加疑慮。

「真、真的啦。很開心喔……！別、別再問了！」

雖然不明白理由，結朱似乎已經快要被ＫＯ了。

總覺得再質問下去也挺不舒服的，如果她說開心的話，就沒有什麼好抱怨的了。

也就是說，我似乎救下了記憶卡。

「好，那就決定是這個了。也沒有處罰了吧。」

再次確認後，結朱像是小動物般坐立不安，但還是深吸口氣點點頭。

「啊……我明白了，我也有所覺悟呢……！」

但是，這傢伙為什麼這麼緊張啊。

對我來說，聖誕節只是新作發售的活動而已，對女生來說似乎是很重要的節日。

還是說，有其他在意的事情……啊，有一個呢。

「話說回來，櫻庭跟小谷情況如何？」

我突然想到他們的事情。

小谷最後有邀約櫻庭嗎？

可能是我這邊成功了，就在意起曾經助我一臂之力的她。

「亞妃說她會努力邀約。颯太應該有空，也不會拒絕才是。啟吾似乎希望她能在那時告白。」

原來如此，他們果然將要迎來重大的場面。

「這樣啊。嗯，我覺得很棒呢。聖誕節時候告白，果然是王道呢。」

「是、是啊。」

不知為何，結朱像是在說自己般笨拙地點著頭。看來對小谷投入很多感情呢。

「在絢爛景色下告白的話，會比平常更容易成功吧，而且時機正好。」

「嗯……欸尤其是大和也是這麼想的嘛。」

「是啊，對我來說也不是別人的事情，我也希望小谷的告白能順利喔。」

畢竟，為了讓他們順利進展，我跟結朱都努力到現在了。

既然如此，希望最後是個完美結局。

「不是別人的事情啊……這麼有共鳴……果然大和也……」

結朱低著頭，喃喃自語著什麼。為什麼這傢伙連耳朵都紅了啊。

難不成是感冒了。

「喂，難不成妳身體不舒服嗎？連耳朵都紅了喔。」

我實在是很擔心而詢問後，結朱一臉震驚地抬起頭，不斷地搖著頭。

「沒、沒有那種事喔！只是在想聖誕節的事情，自然而然變成這樣而已！」

「是嗎……沒事就好。」

是精神上的問題嗎？

唔……這麼說來，我在籃球社的時期，被人告知重要比賽要做高強度訓練，光是想到要去社團活動就會備感壓力，身體就會不由得不舒服。

結朱的症狀或許也跟那時候相同。

結朱對小谷他們的事情投入如此多心力啊。

「別勉強喔？不然這樣，我們去保健室吧？」

我關心她而試著靠過去時，她像是彈開似地往後退。

「沒、沒事啦！」

「這、這樣啊。」

總覺得被躲開了，讓我有點沮喪。

我微妙沮喪起來後，結朱困擾似的眼神四處遊走，接著拿起書包。

「沒事！沒事的啦……我需要一點心理準備，所以今天先走囉！拜拜，明天見！」

「喔、喔。」

甚至不等敗給她的氣勢的我點頭，她如風般咻的一聲跑走了。

「……這傢伙到底怎麼搞的？」

結朱奇奇怪怪的事挺常見，但今天這傢伙的古怪又跟平常不同。

我摸不著頭緒，也拿起自己的書包。

一個人也沒辦法推進遊戲，今天只能回家了。

我將記憶卡插回遊戲機中，離開教室。

「……啊，說起來這件事得跟某個人回報才行。」

這時，我想起之前有跟日菜約好要跟她回報聖誕節的規劃。

我取出手機想打個電話，但仔細一想那傢伙正在社團活動中吧。

社團活動結束前，隨身攜帶的物品全都鎖在置物櫃吧。

「雖然傳個訊息也行──」

反正今天剛好有空。

機會難得，就當作打發時間去一趟體育館吧。

我心緒雜亂地思考著這一切，瞬間改變了路線。

我一踏入體育館，一股難以想像是十二月初的熱氣包裹住我。

運動中的人所製造的熱氣，有點讓人懷念。

「女子籃球社啊……是裡面的球場吧。」

體育館有兩個籃球場，今天似乎是在裡面的場地練習。

這樣的話，就只能穿過正在練習的男子籃球社球場，我一身制服的外人這樣做會很顯眼，讓我有點不情願。

「……嗯？和泉，你怎麼來了？」

我雙腳才剛踏入，男子籃球社的球場內，做著準備運動的某位社員就注意到我。

清爽的短髮、模特兒般的身形與端正五官。

他是我們班引以為傲的帥哥，也是結朱他們的友人，櫻庭颯太。

「抱歉，打擾到你們了？」

「不會，現在剛好是休息時間。今天沒跟結朱一起啊。」

「剛才都還在一起，稍微有點事呢。」

不知道該怎麼說明結朱的狀態，只好含糊帶過，但似乎造成反效果，櫻庭擔心地皺起眉頭。

「咦，難不成吵架了？」

「我們很常吵架啦，這次比較不一樣。欸，該怎麼說……女人心海底針。」

聽到我含糊其辭而察覺到什麼吧，櫻庭露出苦笑。

「畢竟在交往中嘛，總會發生各種事的。抱歉，是我不解風情。」

「沒事，別在意。」

到此，對話便中斷了。

雖然這時候告別也挺好，但因為有在意的事，便繼續說下去。

「……腳傷沒問題了嗎？」

一個月前的文化祭，他因為事故而負傷。

之後，雖然腳傷漸漸痊癒沒有阻礙日常生活，但還是可能會影響到籃球吧。

「是啊，已經完全好了。現在終於可以挑戰正式球員的資格了。」

櫻庭開朗地笑著回答。

「那就好。」

看起來不像在逞強，我也鬆了口氣。

我姑且算是當時在場的人，有點在意他的傷勢，能直接聽到當事人說他沒事真是太好了。

「這也是多虧了和泉那時候頂替我上場。那時候如果逞強上場，可能還沒復原呢。」

「別在意。沒什麼大不了的，對我來說也是個好機會。」

也多虧了那個機會，我才得以回顧過往……再說頂替櫻庭的是結朱就是了。

我真的沒幫他做什麼大不了的事情。

應該說，什麼忙都沒幫上。

「復原順利的話，聖誕節應該有十足休閒時間吧。」

或許是想起剛才結朱說的那些話，我不禁脫口詢問。

他的想法現在究竟到了哪一步，能探一點口風也好。

「算是吧。還不確定要做些什麼，之後應該會跟啟吾他們討論一下。和泉果然是跟結朱一起過吧？」

「嗯，姑且是。」

我不禁支吾其詞。

畢竟不知道現在的櫻庭對結朱有什麼想法。

平常的話我倒是相信他說已經死心的這件事，表明上波瀾不驚討論著結朱的事情，但在這種敏感時期，很難拉開距離感吧。

「不用那麼在意我啦，我對結朱已經完全死心了。」

似乎是敏銳地察覺我的猶豫，櫻庭露出苦笑繼續說道。

「抱歉，我心裡是明白的。不過，死心就好。如果還有留戀的話，我會太過不安而失眠的。」

為了驅散有點沉重的空氣，我故作輕鬆地說著。隨後，櫻庭也笑著回覆我。

「沒事，沒有旁人想得那麼複雜。你想啊，我可是很受歡迎的，還不至於執著在一個女人身上。」

「……櫻庭說出這種話，滿讓人火大的。」

被他強大的帥哥氣場壓制，我最後還是心服口服。

「哈哈，就等你這句吐槽。」

「這種事只有丑角來做才合適，對你來說負擔太大。」

「那可真是抱歉。」

櫻庭聳了聳肩。

「話說和泉，你今天來這裡做什麼？」

閒聊告一段落後，櫻庭如此詢問。

「啊，找日菜……柊有點事。」

我老實回答後，他不知為何緊盯著我。

「喔，花心嗎？」

「那樣的話肯定要對櫻庭保密吧，感覺會被揍。」

「的確，那時候我會使出渾身之力給你一發右勾拳喔。」

櫻庭帶著半認真的眼神，對著空氣揮了揮拳。

「太可怕了，我會銘記在心的。那麼，掰啦。」

「嗯，再見。」

我輕輕揮手告別，櫻庭也簡短回應。

也許是因為跟櫻庭閒聊太久，大家對我的關注已經變淡，在沒有不舒服的感覺下，我來到女子籃球社的地方。

「日菜。」

向休息中的日菜搭話後，她便轉過頭來。

「哇，大和，真難得你會來體育館呢。打算加入籃球社了？」

面對滿臉期待的日菜，我搖搖頭。

「不可能。只是來跟妳說說之前那件事。」

我拒絕後，日菜稍微失落的樣子。

「什麼嘛，聖誕節的事情喔。決定要去哪裡了嗎？」

「算是吧。女子籃球社呢？」

我一問，她忽地豎起大拇指。

「嗯，總之大家決定要去聖誕節大餐巡迴喔。把車站附近店面的聖誕節特別菜單都吃一遍。」

「總覺得是變胖之旅呢。」

我不禁吐槽，日菜有些尷尬地移開目光。

「……平常都有在運動所以沒關係啦。反正是體育系的。」

「真的嗎？接下來還有新年等著妳喔？妳能看著我的眼睛說嗎？」

我再次確認，日菜的表情明顯大變。

「……今天，有超級高強度的訓練。」

「杯水車薪呢。」

看到我聳肩，日菜一臉不滿地瞪著我。

「吵死了。大和才是，打算去哪裡啊？」

「我要去參加車站附近舉辦的活動。叫做『聖誕節一條龍服務』……咦，妳那是什麼微妙的表情。」

我一回報，日菜不知為何一臉不可思議地歪著頭。

「不是，嗯……現在才？」

「什麼意思啦。」

搞不懂日菜在說什麼。聖誕節燈飾有什麼好現在才的？

「欸，因為那個活動，是為了讓人向單相思的對象告白才舉辦的活動喔？」

「……啥？」

看到我愣住，日菜依然用困惑的語調繼續說道。

「我推薦給你的雜誌上頭有寫喔。『聖誕節一條龍服務』是讓你邀約喜歡的人，在絢爛的燈飾下告白為主的活動喔。」

「……不、不是吧？」

我的臉色唰的一下變得蒼白。同時，想起剛才結朱各種奇怪的態度。

『不、不是喔。沒想到大和會邀我參加那種活動，嚇了一跳。』

『啊……我明白了，我也會做好覺悟呢……！』

『我需要一點心理準備所以今天先走囉！拜拜，明天見！』

——咦？該不會這個，變成我得在聖誕節告白的展開了吧？

二章 能夠寵愛像我這樣的可愛孩子，反倒是種獎勵吧

聖誕節計畫終於訂下的第二天。

學校即將迎來第二學期的期末考。

但，我卻面臨著比期末考更嚴峻的問題。

「……怎麼辦才好？」

放學後的文藝社社辦。

儘管文具都排列在桌子前，但我卻連筆都沒握，只是一個人抱著頭。

偏偏在我不知道的情況下，演變成告白的情況……或者該說，早就跟告白一樣了。

「該怎麼解開誤會才好……」

不管怎麼絞盡腦汁都想不出好方法。

當我左思右想的時候。

社辦的門被打開，前往自動販賣機的結朱走了回來。

「久等了，我幫你買了咖啡喔。來，這是大和的。」

「謝、謝謝。」

我尷尬地接下咖啡，她則隔著桌子坐在對面。

「哼哼，如果不及格而要補習的話就糟了呢，要好好用功喔，大和。」

心、心情超好的啊她。

看到結朱邊哼著歌邊將文具放到桌上，我的心跳慢慢上升。

這種氛圍下，我該怎麼坦白才好。

「那麼，雖然是考前讀書會，大和有什麼想問的嗎？就讓既可愛、頭腦又好的小結朱來教你吧。無論什麼問題都儘管問喔。」

唔……這樣下去連書都不用讀了。

這種事情拖越久就會越尷尬，乾脆豁出去坦白好了。

「喂～大和？」

大概是覺得我的沉默很奇怪，結朱探出身體窺視我的表情。

「嗯……啊，抱歉。」

終於從思索中回過神的我，露出僵硬的笑容。

「到底怎麼了？」

結朱奇怪地詢問。

這不正是坦白真相的好時機嗎？

「不是……有個不得不解決的問題而已。」

迷惘也沒用，不如在這時解決！

「問題？好喔。就像剛才說的，無論什麼問題都可以問我喔。」

「就是……雖然做了很多預習，卻記錯了內容啊。」

明明買了雜誌，還調查了活動，最後的最後卻犯了個低級錯誤。

我果斷坦白後，結朱也露出嚴肅的表情。

「咦，記錯了……有多嚴重？」

「重要的部分幾乎全部都記錯了。」

沒想到漏看告白活動的部分啊……

「全部!?預習的範圍全部都記錯了!?」

結朱瞠目結舌，我低下頭。

「不，真的非常抱歉。這樣下去完全跟一張白紙一樣去面對正式上場。」

「白紙……不對，是在正式上場前就有零分的覺悟吧！」

的確，這樣下去身為男友根本零分。

「是啊，得想辦法彌補一下。」

彌補平安夜的計畫。

「總之，不能放棄。還是有從現在開始能做的事情吧。」

明明是對我發怒也不奇怪的場合，結朱卻認真面對我的疏失。

「結朱……抱歉啊，都是因為我的關係。那麼我該做什麼好？」

為了重新擬定新的平安夜計畫，我詢問結朱的期望。

對此，她認真煩惱了一番後，靜靜地開口。

「首先把主要的五個科目讀一遍吧。」

「讀書⁉在這種時候⁉」

平安夜時舉辦讀書的話，著實嚇了我一跳。

「這種時候不讀書還能做什麼啊！應該說，大和還打算什麼！」

「可以的話當然是玩一整天。」

「為什麼⁉這種時候還玩才奇怪吧！」

「是、是嗎……」

一直以來我只對聖誕節商戰感興趣而全然不知，原來現在的高中生在平安夜讀書是主流啊……？

「總而言之，還有時間，先連續讀個幾天吧。現在要做的話就得保持強大的意志，尤其是現在，重點是信念喔。」

「直到新年!?有必要嗎!?」

「當然啊！沒有這種程度的心理準備，可沒辦法彌補現在的失誤呢！」

是、是那麼嚴重的錯誤啊。

「不是，即便是這樣，準備一天的量應該就夠了吧？」

冷靜想想，現在最重要的是擬定平安夜當天的計畫。

「怎麼可能夠！學習最重要的是積累！」

這次的事情雖然是我的錯，但還是盡可能想避免平安夜整天都在讀書啊。得說服結朱不可。

「不、不過學校裡學到的絕對派不上用場吧！這正是學校不會教的事情！」

「不如說學校裡學到的才是最重要的吧！課堂上老師總是這樣說吧！」

「是嗎!?那麼老師們在課堂說了什麼啊！」

在考前的這段時間討論聖誕話題的老師才是怪人吧。

「說到底，這真的是學習可以彌補的嗎!?」

「當然！不然還要靠什麼彌補！」

被如此詢問，我稍微思考了一下後回答。

「……禮物之類的？」

「那是賄賂吧！那樣肯定不行喔！」

「這樣算賄賂!?」

我還是第一次聽說送聖誕禮物給女友算賄賂。

「算啊！再說，靠送禮物來討好別人的想法不可取喔。得靠實力。」

結朱突然伸出手指指著我，我退縮了。

「唔……確、確實。是我錯了。」

我以為解除誤會惹她不開心的話，送她一個喜歡的小禮物就可以一筆勾銷，看來這只是沒有誠意的小手段而已。

「你明白就好。這種時候要正面對決喔。不及格而得補習話，聖誕節就泡湯了。」

「奇怪!?我們不是在說聖誕節的話題嗎!?」

面對突然把剛才對話全面翻盤的結朱，我陷入混亂。

「才不是！就算是考生，哪個世界的情侶會在聖誕節讀書啊！」

「對吧!?我也是這麼想的！」

面對完全同意的我，結朱鼓起臉頰。

「真是的。不要再說些莫名其妙的話了，快點念書吧。大和還是跟沒讀書一樣，別浪費時間了。」

「沒有，讀書倒是挺順利的。」

「是嗎!?那麼我們剛才到底在討論什麼!?」

「我才想問妳！」

結果，雙方都沒搞清楚剛才的討論話題，就在混亂下持續當天的讀書會。

幾天後。

終於從讀書會的失敗中恢復冷靜的同時，也迎來學校的期末考。

「早安，大和。」

早晨，我在一如往常的集合地點迎接結朱。

「喔。」

我輕舉起手回應，接著並肩而行。

前幾天失敗的原因，是突然拋出話題而導致雙方無法冷靜。

因此，這次我算好時機，準備再次拋出話題。
「鏘，你看，這是我昨天做的。」
結朱拿出的是，用卡片環圈起的手心大小的卡片。
正面是英文單詞，背面是日文解釋，準備考試用的慣例物件。
「單字小卡啊。怎麼，擔心英文嗎？」
特意準備對策，就說明該科是她的弱項。
「有點呢。大和呢？」
「嗯～……不怎麼擅長呢。考前我也背點單字好了。」
看到成績比自己好的人都準備這種對策了，我變得有點不安啊。
然而，大概是領悟我的心境，結朱像是要讓我放鬆般拍拍我肩。
「沒事沒事。大和只要記得『I love you』就夠了。」
「最用不上的詞彙呢。」
「才沒有那種事。隨時可以對我說喔？」
「知道了。下次想結束跟妳談話去打電動的時候，就對妳說『I love you』。」
「最糟糕的使用方式呢！這不就是用我愛妳來敷衍對方的渣男嗎！」
「沒有那種事啦。」

我撇開視線。

「真可疑呢。」

一直瞪著我的結朱，好像忽然想起其他的事情，以拳擊掌。

「啊，對了。比起這個，等大和的考試平安結束後，就去大玩特玩吧？」

「怎麼了，這種輕描淡寫到像是死亡 flag 的邀約。」

我用訝異的眼神看著，她則笑著回覆。

「你想嘛，之前不是約好要去買圍巾？可以兩件事一起做啊。」

說起來，確實有這種約定。

想著之後有開心的事情也會提升幹勁，實在沒有反對的理由。

「欸也是可以啦……什麼時候去？」

「考完的隔天？」

聽到這個提案，我猶豫了一下。

「欸～……那天我打算去買遊戲耶。」

做為考完成功生存後給自己的獎勵。這件事不能退讓。

「遊戲什麼時候買都可以吧？文藝社社辦不是還有。」

對於我的態度，結朱有點生氣。

「還請您通融通融啊。拜託了結朱，I love you。」

「最糟糕的使用方式啊！幹麼這麼快就實踐起來啦！」

嘖……行不通嗎？

真沒辦法，就挑文藝社社辦裡最喜歡的遊戲忍耐一下好了。

「好吧，欸約定就約定。」

我一同意，結朱的表情頓時開朗起來。

「耶~那麼，就這麼決定囉。為了盡情玩樂，考試得加油喔。」

「是啊，接著，也因此我想先處理掉擔心的事情。」

好，就是現在，在這時候拋出話題！

我做了一個深呼吸後，再次面向結朱。

「那個，結朱。事實上——」

「那個，這個單字是……」

但，還是慢了一拍，結朱的視線已經回到單字小卡上。

看來，是因為考試後有安排，學習的欲望明顯上升。

「好，對了。但是，想更正確一點啊……」

結朱盯著單字小卡喃喃自語。

「……喂。」

我拉住她的手，拉往自己的胸口。

「呀啊，幹麼啦。想抱我嗎？我這麼可愛真是抱歉喔。」

即使瞪大雙眼，結朱還是不忘自戀精神。

我對此感到震驚的同時，指了她面前近在咫尺的電線桿。

「熱愛學習是不錯，但看路啊。模仿二宮金次郎的苦讀做法不適用於現代啦。」

要是我不出手拉住她的話，她肯定一頭撞上電線桿。

結朱對此也有察覺吧，露出苦澀的表情。

「哇，好危險。我的臉要是受傷了可是世界的損失呢。千鈞一髮。」

「毫無疑問對世界來說不會有所損失，不過妳還是注意一下。」

瞪著她唸了一番後，她才尷尬地轉過頭。

「抱歉，你想嘛，提升成績，也是為了保持我形象的一項重大工作，不禁就——」

雖然兩個人的時候我一不小心就會忘記，這傢伙是假面優等生呢。

看來，對於考試一事，她比我想像更上心呢。

「我懂妳的想法，但要是因為這種事受傷可就蠢了。」

我這麼回答，心中也浮現一種微妙的猶豫。

如果，我現在跟結朱坦白聖誕節的事情，她毫無疑問會產生動搖吧。

而且，甚至也會影響到考試。

那就……有點讓人困擾了，總覺得很對不起她。

「啊，對了，就這樣吧。」

在我思考的時候，結朱像是要打斷我似地抱住我的手腕。

「突然之間，怎麼啦。」

在我震驚的時候，結朱在極近距離擺出得意的表情。

「這是我既可以專心看單字卡，大和也能自動幫我避開障礙物的方法喔。不愧是我，完美的策略！」

「這已經是看護程度了吧。」

儘管有些害羞，但我還是再次下定決心。

總而言之，考試結束前就先不跟結朱說這個話題。

雖然覺得推遲越久會越難處理，但無可奈何。

一鼓作氣壓下心中的焦慮，我改變了策略。

「說起來，大和準備的怎麼樣了？對考試有信心嗎？」

「欸，普普通通啦。大概，跟之前一樣。」

我在班上的成績基本上就是中等偏上。

跟結朱交往以後，跟她一起讀書的機會變多，成績也有小幅度提升，即使如此我還是無法突飛猛進的男人。

「這樣啊，可別不及格喔。要是得補習的話，你想啊……難得的聖誕節就泡湯了。」

平常大剌剌的模樣不知道去哪裡了，結朱紅著臉，低著頭提醒我。

她果然是覺得自己會被告白吧？

「喔、喔……我會努力的。」

糟糕，這氣氛超級微妙的！感覺心裡要被奇怪的內疚感給壓倒了！

乾脆撤回前言，想要馬上解開誤會啊！

但是，如果因為這樣影響到結朱的成績的話……嗚嗚。

「嗯，真期待啊，聖誕節。我也得好好複習才行。」

我露出爽朗的笑容，將幹勁展示給結朱看。

……快來人救救我啊。

我們抵達學校後，馬不停蹄地開始第二學期的期末考。

上午的考試感覺不算難也不算簡單，就是一如既往的感覺。

「呼～總算撐過上午了。大和，感覺如何？」

午休的文藝社社辦。

一邊打開桌上的便當盒，結朱一邊像是要緩解緊張般吐了口氣。

「幸好沒有哪科難得要死。但下午也不能大意。」

坐到她對面後，我也吃起便當。

「確實，才過了一半呢。」

「是啊，趕快吃完中餐，不準備一下下午的科目會有點不安呢。」

雖然我已經比以往吃得更快了，但結朱比我更快地蓋上便當盒。

「我吃飽了。」

「已經吃完了喔。我確實說早點吃完比較好，但妳也吃太快了吧？」

面對震驚的我，結朱嘟起嘴。

「真沒禮貌。單純只是減少今天午餐的分量而已。避免下午的考試會想打瞌睡。」

「原來如此，有點道理。」

說完，我正常地吃完午餐。餓著肚子也無法戰鬥呢。

話雖如此，兩人都吃完午飯後，我將便當盒放回書包中，並拿出教科書。

「那麼，要來複習下午的考科嗎？」

「嗯～……我就算了。」

看著已經打開教科書的我，結朱卻邊喝茶邊拒絕。

「明明早上那麼緊張，現在卻這麼悠閒啊？」

「不是不是，休息也是學習的一部分喔。第一天的考試我很努力，下午也會感到疲憊呢。午休還這麼努力複習的話，到時候注意力會不集中的。」

「意思是該休息的時候還是得休息啊。」

果然一說到學習和考試的話，優等生設定的結朱就會略勝一籌，從剛才開始就一直提供我意外有參考價值的建議。

「沒錯，所以我要徹底休息。」

一說完，結朱站了起來，拉著折疊椅到我身旁。

「因為所以，請寵愛我讓我感受療癒吧。」

結朱乖巧地坐在我的身邊，突然如此要求。

「我也同樣想要療癒啊……」

「那麼就通過寵愛我獲得療癒吧。雙贏呢。」

「哪裡有啊。」

看著結朱打出純對自己好的如意算盤，我白了她一眼。

「而且，說要我寵愛妳，是要做什麼啊。」

我一問，結朱思考片刻後，以手擊掌。

「我想想喔……那麼，請在我耳邊輕聲說些甜言蜜語吧。」

「交給我吧。砂糖、蜂蜜、蔗糖、和三盆。」

「那才不是甜言蜜語！你這個超級笨蛋！黏糊糊的說！」

「甜的東西就會黏糊糊的啊。」

「吵死了！說點好話不行嗎！」

明明我如此充滿誠意的回覆，為何女友還是火冒三丈啊。不可思議。

「真是的……我可是時不時都有在疼愛大和呢，為什麼大和對我這麼嚴厲呢。」

「給我等等。我可不記得妳有疼愛過我。」

我制止了生氣之下說出謎之發言的結朱。

但，她卻對自己的言行毫無疑問，只是瞪大眼睛盯著我。

「有很多吧。在社辦內膝枕……還有一邊膝枕一邊掏耳朵之類的。」

「不就只有膝枕吧。話說，那個屬於雙方都不受寵愛的範圍吧……」

不管哪一個都不是我要求的，而是陰錯陽差後順水推舟的展開。

「啊，對了。那麼今天大和給我膝枕吧。」

雖然不知道有什麼好「那麼」，結朱又提出多餘的要求了。

「欸～……」

「好啦好啦快點！貴重的午休快要結束囉？」

看到我面露難色，結朱卻以剩餘的時間為人質來跟我交涉。

確實，想避免這樣繼續問答而浪費時間。

我嘆了一口氣後，推了一下椅子，空出大腿的空間。

「真拿妳沒辦法……來吧。」

「好耶～！」

用男人的大腿膝枕應該不會舒服吧，但結朱開心地躺了下來。

這是什麼……物理層面和精神層面相當搔癢難耐啊。

「真是的……妳啊，最開始不是說自己是很自重的女人，所以不能有身體接觸嗎？」

我提出結朱說過的話，她卻一副若無其事地平躺看我。

「我一直很自重喔。只是大和的攻擊力太強而突破了。」

「我可不記得自己有攻擊過……」

我可不會對異性採取任何攻擊手段，是個和平主義者。

「沒有印象的情況下就突破我的防禦嗎？啊，我懂了。那種『啊，難不成我搞砸了什麼？』的感覺。」

「哪裡聽來這句話的啊。是妳的防禦薄得跟紙糊一樣。」

我愕然地看著結朱後，她嘟起嘴。

「什麼嘛～我可是受歡迎得不得了，還不斷拒絕的鐵壁女喔。」

「只是不會挑男人而已。」

「你這算什麼彆扭的自虐啊。欸不過啊，防禦力低的代價就是我的攻擊力也高呢。多虧如此，大和也完全迷上我了。」

「我說啊——」

誰迷戀上妳啊，雖然我想一如既往吐槽她，但話說到一半就停下了。

儘管心裡明白只是單純的鬥嘴，不過現在是聖誕節這種敏感時節。

這時候否定導致結朱不安的話……這種多餘的顧慮瞬間閃過。

當然，結朱不會放過這個機會。

「哎呀？沒有否定呢，大和。嘿～哼～……欸也是呢，事到如今了。」

原本以為她要調侃我，結朱卻略紅著臉撇開視線。

喂，這樣誤會只會越來越深吧？妳這樣還不如調侃我算了！

「不，我不是那個意思……」

事態在意料之外的時機惡化，讓我動搖並開始支支吾吾。

那份動搖好像加深了結朱對這件事的確信，她不禁若有所思，沉默不語。

「…………」

「…………」

怎麼辦，總覺得超尷尬。

「那個啊，大和。」

「喔、喔。」

面對打破沉默的結朱，我不禁端正姿態回應。

「……聖誕節的時候如果亞妃告白順利的話，假扮情侶的關係就結束了呢。」

結朱說出了意料之外的話。

「欸，是啊。」

我都快忘了這件事，但確實是這樣吧。

「要是關係結束了……你還會讓我像這樣撒嬌嗎？」

結朱炙熱的眼神貫穿我。

雖然感覺快被吸引過去，我還是僵硬地點點頭。

「喔、喔，就算分手了還是會跟以前一樣啦。」

儘管我想四兩撥千斤應付一下，結朱卻不允許我逃避。

緊緊抓住我的衣服，試圖將我拉向她。

「不是跟以前一樣……比之前更多，然後一直……」

——我忽然害怕起來。

如果在這種情況下解開誤會。

是不是再也無法回到以往的關係？

「好……」

自然而然地，我點了點頭。

要是解開誤會的話會變成怎麼樣呢。

不對，說到底事到如今解開誤會的意義是——

「對吧！欸能夠疼愛像我這麼可愛的女孩子，反倒是種獎勵呢！呀啊，大和真是被神明眷顧的男人呢！」

「少給我得意忘形，妳這個自戀狂。」

——果然還是該解開誤會。完全地，一刀兩斷地。

在午休時間，我重新下定決心。

接著，放學後。

我在考試以及誤解的雙重折磨下，前往文藝社社辦前，在食堂附近的自動販賣機買了一杯甜甜的咖啡歐蕾。

「糟透了。這樣下去會胃穿孔啊……」

想說卻不能說出口的心情，和必須說卻沒有勇氣開口的狀況混合在一起，就如同禪問答一樣。

實際上，確實是時間越長就越尷尬，得快想辦法解決才行。

「咦，大和？」

在我一個人思考對策的時候，有人喊了我的名字。

一抬起頭，看到的是體育服裝扮的日菜。

「喲，日菜。接下來要去自主練習？」

我輕輕揮手回答後，她便小跑著靠近我。

「嗯，忘記買運動飲料就想來買一瓶。大和呢？」

「稍微想點事情……」

我輕嘆口氣並回答後，日菜擔心地窺探我的神情。

「難道說，是聖誕節的事情？」

不愧是有著長時間的交情，日菜輕易看穿我心中的糾結。

「嗯。」

「怎麼，那件事還沒解決嗎？」

可能是被我的無精打采嚇到，日菜苦笑著。

欸，我這邊也是有自己的理由，不過不能說就是了。

「結朱比我想像中還喜歡那個活動。我正處於能說又開不了口的情況。」

「原來如此，那可麻煩了。讓她失望的話也挺可憐的。」

日菜點點頭，表示能夠理解我的心情。

「就是這樣。所以，我正在想要怎麼解開誤會啊。有什麼好辦法的？」

我像是抓到救命稻草般，積極向日菜詢問。

接著，大概是因為被我拜託而感到開心吧，日菜笑著點頭。

「交給我吧。我有個好點子。」

「真的嗎？求詳細。」

奇怪的是，我對自信滿滿的日菜產生一種可靠感，我繼續詢問。

「這種時候，以人為鏡，可以明得失。」

「……此話怎講？」

對於這種不得要領的說明，我滿頭疑問。

「很簡單的作戰喔。首先大和對七峰同學解釋『放任誤解會造成損害的小故事』，你覺得七峰同學聽了之後會怎麼想？」

「那當然是，結朱也會覺得放著誤會不管是壞事……原來如此，是這個意思啊。」

在回答的期間我領悟其中要領，日菜也笑著點頭。

「就是這樣。讓她覺得放著誤會不管是件壞事，並對解開誤會這件事有積極的心態。這是最重要的。」

「不錯的作戰呢。順道一提，說什麼小故事才好？」

雖然拜託曾經是陰角的女生指導小故事的心情挺微妙的，事到如今也無可奈何啊。

「確實，如果是我的話會說，『我一直覺得現在的大和是個冷漠無趣的傢伙，不過多少還是有趣的人呢。誤會的話還真吃虧。』」

「這不是沒有解開誤會嘛!?名聲恢復量比受到的傷害還少耶！」

完全沒有產生說服力。果然前陰角不可靠啊。

「說出這種類似的話，七峰同學也會覺得解開誤會是很重要的事情吧？」

「完全沒有共鳴點啊！」

面對我的抗議，日菜苦笑著安慰。

「冷靜下來啦。現階段印象點數會扣分也是沒辦法的吧。你想嘛，輕微的損傷就跟稅金一樣嘛？」

「這是可以引起革命的重稅好不好！」

而且付出這麼高的稅金，回收卻超少。

或許是明白自己的說法完全無法打動我，日菜像是重新思考般將手抵在下巴處。

「那改說，『我還以為大和是普通又開朗的好人，其實既不好相處又冷淡呢。誤會大了。』這樣如何？」

「壞印象！解開誤會的結果，就是得和失望掛鉤嘛！」

「咦，我覺得會變成好印象耶。」

「是超級特殊的情況耶，就沒有……更普通一點嗎？」

面對疑惑的日菜，我抱著頭崩潰著。

但，面對這樣的我，她的表情忽然開朗起來。

「啊，那以大和的立場來說，『同學雖然一直用瀏海遮住臉蛋，但別上髮夾後意外的可愛。至今為止都誤會了。』這種說話如何？」

「喔喔!?終於有個好譬喻了！」

不愧是我的實際體驗，非常簡單易懂。

「…………」

看到我因為這個期待已久的正經譬喻而興奮起來，日菜不知為何露出複雜的表情。

「怎麼了？」

我一問，她忽然用雙手遮住自己的臉。

「自己說出這種話就覺得羞恥啊……」

「自爆喔！那為什麼還要說啊！」

「等著你吐槽說……」

「那還真是抱歉啊！因為各種原因我已經很習慣應付自戀狂了。」

也是啊，仔細想想的話那才是普通人的反應吧！

無視鼓起勇氣和緩氣氛的日菜，我感到非常難過。

「哈啊……別想得那麼複雜啦，等對方心情不錯的時候再說就好了，要鄭重道歉喔。」

「忽然好隨意！我都快愧疚到心碎了！」

我再次看向日菜，她已經滿臉通紅。

這話題再挖下去就過分了。

「總之……很有幫助喔，我會多方嘗試的。」

「嗯……那，我走囉。」

我總結話題後，日菜一臉疲憊地買了罐運動飲料，接著走向體育館。明明接下來還要自主練習，消耗這麼多沒問題嗎？

「……嗯，現在不是擔心別人的時候，我得做好自己的事情才行。」

將喝完的咖啡歐蕾罐子丟進垃圾桶後，我買了一罐要給結朱的咖啡，走向文藝社社辦。

雖然給日菜的心靈造成各種傷害，但對於推進解開誤解的進展是個不錯的方案。尤其是瞄準好時機再解開誤會是個很好的組合技。

我有說要在考試結束後再解開誤會嗎？那是騙人的。

雖然方針要大改動，不確定會不會成功但還是試試看。

我悄悄地走進社團大樓的走廊，打開文藝社社辦的門鎖。

「嗨喲，讓妳久等了。」

我盡可能做出笑臉，向正在社辦內讀書的結朱打招呼。

「……才沒有在等你呢。」

但，她只是輕瞥我一眼後，立刻將目光移回筆記本上。

光一句話就知道她心情不好。我才剛進社辦五秒，日菜傳授給我的對策就毀壞一半了。

「那個，結朱小姐？請問發生什麼事了嗎？」

我不禁說出敬語，結朱再次抬起頭。

然後從口袋中拿出手機，默默不語地展示給我看。

螢幕上，是我和日菜在自動販賣機前說話的樣子——

「那、那是……!?」

結朱以銳利的目光瞪著不禁動搖的我。

「朋友剛好看到就傳給我了喔！我還想著不來文藝社社辦是跑去哪了呢，原來是跟別的女人私會啊！」

糟了，我小看了這傢伙的情報網！

「好了，來說說這是怎麼回事吧!?」

「誤、誤會啊！真的不是妳想的那樣！」

怎麼回事！想著要解開誤會卻產生了新誤會。

不對等等喔！現在正是使用我剛跟日菜學到，以人為鏡可以明得失的理論的時候！

只要使用那點，把所有誤會都解開就行了吧!?

「總之冷靜點，結朱，聽我解釋。」

「哼～……要找藉口嗎？好啊，說來聽聽。」

我試圖解釋後，結朱雖然板著臉但還是平靜了一點。

好，這時候我就說個好譬喻，告訴她解開誤會是多麼美妙的事情。

「聽好了，放著誤會不管可是會有大損失的喔。我以前就是這樣，班上的女生用瀏海遮擋住臉，我就送她一個髮夾。然後發現她的臉蛋意外可愛，給人的印象也大幅改變。就像這樣，解開誤會可是大事。」

「是指柊同學的事情對吧!?這個時候還要跟我說你跟其他女人談情說愛的事情!?根本不打算解除誤會對吧！」

「奇怪!?難不成這個假設錯了!?」

「大錯特錯！」

喔喔，一瞬間把剛才聽到的假設原封不動照搬過來用，反而招致仇恨。

「這可以認定是出軌了吧!?大和你這個負心漢！笨蛋！」

「妳等一下！真的！」

完全自掘墳墓啊我，我繼續慌忙解釋。

最終，那天光是解開新產生的誤會就筋疲力盡了，聖誕節的誤解完全無法觸及。

儘管是平日的白天，我卻穿著私服站在車站前。

「……真的得做些什麼才行。」

我一邊堅定決心，一邊在車站前等著結朱。

今天開始就是考後休假日。

漫長的期末考試終於結束了，也不用再顧慮她的心情會受到動搖。

也消除了不愉快的花心嫌疑，已經沒有什麼額外的擔心了。

「……終於來到了斷的日子了。」

我用咬緊牙關般的言語催促自己的覺悟。

今天是考後的返校日，只上半天課。

為了履行買圍巾的約定，我們打算去約會。

然後，這也是我解開那個誤會、最後也最大的機會了。

「說是這麼說……時間拖得有夠長，更難開口啊。」

最重要的是，度過這段時間後也產生了新的疑問。

說到底，結朱真的知道『聖誕節一條龍服務』的含意嗎？

「說不定，那傢伙跟我一樣可能不知道原本的含意……」

那樣的話，我解開誤會的這一行動本身就是巨大的徒勞無功。

也因此，得先確認結朱的真實想法才行。

「啊，大和，久等了～」

我再度確認該做的事情同時，結朱小跑著向我走來。

及膝的白色連身裙與灰色的外套，搭配黑色絲襪的私服裝扮。

「喔、喔。」

感到微妙緊張的同時，我僵硬地迎接她。

「怎麼了？大和。」

身為察言觀色達人的結朱輕易看穿我的緊張，一臉驚訝地看著我。

「不、不，沒什麼。」

「看起來不像是沒什麼的樣子……？」

結朱緊盯著我的臉色觀察。

總、總之先敷衍一下她。因為我想挑個合適的時間點再跟她說，不想先暴露出來。

「沒、沒問題的，車站前過敏的老毛病又犯了。」

「這是什麼聽都沒聽過的怪病！」

變成讓人超級難受的藉口。

我做了一次深呼吸讓自己冷靜下來。

「呼……抱歉，真的沒事。有點擔心考試結果而已。」

……根據時期選擇的合適藉口，結朱也認同似地點點頭。

「什麼嘛，原來是這件事，還以為是攝取過多我的可愛度導致心理動搖呢。」

「妳的擔心才奇怪吧。」

只有自戀狂才會有的擔心。

話說如此，一直待在這裡也不是辦法。

「那麼，去買圍巾吧？」

儘管我直接切入今天的目的，結朱還是一臉煩惱。

「嗯～好是好，只是也想慶祝考試結束，還想到處逛逛。我也很久沒有來這一帶了，大和也想讓周圍的人看看自己帶著可愛的女友到處逛的姿態吧。」

「對我的顧慮不太對，但逛街我倒是同意。」

你想，比起專心挑圍巾的時候，逛街的時候或許更容易切入正題。

「決定了呢。那就走吧。」

「喔。」

接著，我們並肩向前走去。

「有想去的地方嗎？」

「我想想喔。果然慶功案的慣例還是卡拉ＯＫ吧？」

結朱若無其事地提議。

對此，我認真地告訴她世界的真相。

「結朱，聽好了。基本上，陰角是不會去卡拉ＯＫ的。」

「咦，為什麼？」

就像是聽到什麼特別奇怪的話，我的陽角女友愣住了。

「在眾人面前展現自己的歌喉什麼的，難度太高了吧。而且平常很少去，當然也沒什麼會唱的歌，因此去卡拉ＯＫ就變得更困難了。」

「那是什麼死循環啊。大家並沒有大和想得那麼專注在聽其他人的歌喔？而是專心挑著自己的歌，你這種想法只是自我意識過剩。」

「咦……明明是那麼熱鬧的場合，卻是那麼孤單的空間嗎？」

在還未覺醒陰角的波動之前，我也會去卡拉ＯＫ，但如果有其他人在唱歌，我就會拚命炒熱氣氛。

難不成，正因為我一直在做徒勞的努力才會變得呼吸困難？

「總覺得注意到討厭的事情啊……唔哇，挖掘到沒用的黑歷史了。」

由於挖到徒勞的過去，我些許沮喪。

「我說等等啦，約會才開始沒幾分鐘，不要把氣氛搞得這麼肅穆。」

「肅穆這個詞除了葬禮以外還是第一次聽說呢……」

看來我的失落，跟靈前守夜一樣。

「看電影如何？仔細想想還沒跟大和看過呢。」

「欸，那個不錯。我也喜歡看電影。」

好不容易的約會也不能變成肅穆氛圍，我挺直腰桿恢復情緒。

似乎很滿意我的復原，結朱也變得開朗起來。

「好，那就決定去看電影了！走吧。」

她握住我的手，走往電影院。

已經很習慣了，自然地十指緊扣。

儘管心中有點搔癢，但我還是沒有提出異議，配合她的步調。

「話說回來，真的好久沒去電影院了。」

我基本上是在網路上看電影的類型，像這樣去電影院看電影相當稀少。

「大和，喜歡什麼類型的電影？」

途中，結朱拋出這樣的話題。

「硬要說的話就是歐美電影吧。爆炸場景多一點的好。」

「和我一樣嘛。果然在電影院看的話，還是要看畫面有張力的作品呢。」

聽到結朱開心的話語，我稍微震驚。

「好意外啊。我還以為妳會喜歡少女漫畫真人版之類的，有年輕帥哥出演的那種。」

「實際上，看得最多的確實是那種類型就是了。」

看到結朱夾雜著苦笑的樣子，我忽然懂了。

「順著朋友的意思嗎？」

「順著朋友的意思呢。」

遊樂園的時候我也這麼想，對外重面子的人還真辛苦啊。

「不過，今天就能看自己感興趣的作品了，好期待喔。」

「是嘛，順帶一提我也滿想看恐怖片的。」

「果然興趣還是不合嘛！為什麼這種時候會說要看恐怖片啦！剛才不是說喜歡動作片！」

「不是，比起動作片，我覺得害怕恐怖片的結朱更有張力。」

「你想對最愛的女朋友做什麼！」

看到結朱鼓起臉鬧著彆扭，我回以苦笑。

「開玩笑的。我會讓結朱挑影片的，收起妳那副刻意的生氣表情吧。」

我一說，她的表情瞬間開朗起來。

「喔……居然能看穿我即使生氣還是保持可愛的上進心，大和也變厲害囉。」

「總覺得自己多了不必要的觀察力啊。」

邊瞎聊著，我們來到電影院。

接著，買了結朱選擇的動作片票券後，我們進入影廳。

坐到指定座位的同時，影廳的照明也暗了下來。

「哇，時間正好呢。」

邊聽著略為興奮的結朱的聲音，邊專心看著大螢幕。

不久後，電影便開始了。

電影內容是歐美風的華麗動作片。也加入了ＳＦ元素，完全是我的最愛。

很自然就專注地看著電影——但，中途卻出現了問題。

肌肉猛男跟金髮美女演員開始滾床單……也就是床戲。

「…………」

「…………」

好、好尷尬。

雖然想偷看一下結朱的神情，但實在沒有看向旁邊的勇氣。

期間，女演員高亢的喘息聲響徹整個影廳。

糟糕，緊張到喉嚨都乾了。

跟票券一起買的果汁應該放在扶手的飲料槽內。

我就這麼盯著螢幕，伸手摸索著飲料。

——然而，指尖碰的不是果汁杯，而是搭在扶手上的結朱的手。

「…………！」

「…………!?」

雙方都像是觸電般地收回了手。

根據剛才的反應，我意識到結朱也很明顯在注意我。

咦，話說等等。

剛才我的動作，是不是很像順著床戲試圖握住結朱的手？

感覺又要產生糟糕的誤會了，我不禁看向一旁。

——隨後，在這個很不巧的時機，我們四目相對了。

結朱滿臉通紅地僵在原地，害羞地低下頭。

好喔，完全被誤會了！

被電影氣氛影響而想要觸摸女生的變態先生在此誕生！

由於還在觀影不能解釋，一種難以言喻的羞恥感飄散在我們之間。

用怨恨的目光看著螢幕中結束床戲的登場人物，我祈禱著這部電影盡快結束。

數十分鐘後。

「……好有趣呢。」

「……嗯，好有趣呢。」

從電影院出來的我們，在不敢直視對方的情況下展開空虛的對話。

因為緊張的關係，我們的步伐比平常更快，彼此的距離也較遠。

怎麼辦？這樣下去要誕生快步比賽這種奇怪的謎之約會了。

「那麼，我們去咖啡廳吧。」

我忽然指向一間映入眼簾的店面，向結朱提議。

與其這樣無意義地消耗氣力，不如找個能夠和緩身心的空間，這是我的作戰計畫。

「好、好啊。」

結朱也有同樣的想法吧，目光還是逃避著我，僵硬地點著頭。

接著，我們進入店面。

「歡迎光臨～請問是兩位嗎？」

開朗的女店員前來迎接我們。

「對，麻煩了。」

結朱一回答，店員小姐便露出一副稍微抱歉的表情。

「現在的話，兩人位只剩情侶座有空間，可以嗎？」

情侶座……什麼東西啊。

「沒、沒關係的……嗯。」

對於單身經歷頗長的我來說，雖然是不熟的話語，結朱卻似乎能夠理解，稍微紅著臉點點頭。

「了解，那麼請跟我來。」

順著店員的指引，我們進入店內。

不久後我們抵達的，是和一般的席位不同，是擁有雙人座沙發跟矮桌的安靜座位。

「唔……」

但是，我不由得退卻。

這、這就是情侶座嗎……確實能和身旁的人緊貼在一起，是情侶最適合的空間吧。

我跟結朱交往也有段時間了，已經多少很習慣有身體接觸。

但是——但是、啊。

看著情侶座如此高的接觸度，果然有點難熬啊……！

「坐、坐吧。」

雖然結朱也有同樣的尷尬，但還是催促著我。

這樣的話，我也不可能逃跑。

「喔、喔。」

我們坐到情侶座上。

是肩膀跟肩膀能夠碰觸到的距離。

因為沒有扶手的關係，能感覺到比電影院時更加靠近一點。

雖然最近在文藝社社辦時，也挺多這種親密接觸度的情況，但跟現在的緊張感截然不同。

「那麼……要點什麼？」

「這、這個嘛。」

大概覺得尷尬吧，結朱拿起桌上的餐點觸控板。

我趁機不斷默念讓自己快點冷靜下來啊。

「好……我要點藍莓奶油塔跟搭配紅茶的套餐。大和呢？」

「拿鐵。」

「了解，那麼點餐囉。」

我反射性地回答後，結朱點了點頭訂好餐點。

接著，再次無事可做。

而打破這份沉默的，依然是結朱。

「……該怎麼說，剛才抱歉喔？總覺得，你想牽我的手，卻拒絕你了。」

她說的應該是電影院的事情吧。

想說我會不會受到打擊，所以結朱才想彌補一下。

「不、不會。那個就是想拿飲料不小心碰到妳而已，不如說很抱歉造成妳的困擾。」

我慌忙解釋後，不知為何結朱有點不滿地嘟起嘴。

「唔……確實覺得就大和來說有點過於積極，但聽你這樣說反而讓我無法釋懷呢。才想說你會利用看電影的氣氛攻陷我呢。」

「我才不是級別這麼高的男人。」

結朱心中好像把我當成過於輕浮的男人，我得好好訂正這個想法。

「看起來是這樣呢。但是，一直這樣也不行喔。你也該為了攻陷我好好努力一下才是。機會難得，今天就好好給你上一堂攻陷女生的課程吧。」

「被攻略的人來上課啊。什麼啊，這種自導自演。」

不對，說到底我也不打算攻陷妳啊。

話說回來，感覺結朱在拐彎抹角地要求我在聖誕節告白，對精神狀況不好啊。

「大和，首先教你基礎中的基礎，就從讓人喜歡上自己的方法。」

本來想說乾脆趁這個時候訂正聖誕節的錯誤，但結朱老師的課堂比我先開始。

「聽好囉，大和。讓人喜歡上自己的訣竅就是下定決心成長，朝著理想中的自己邁進。成長就是對自己的宣戰，超越現在的自己的感覺。」

很有結朱風格的人心掌握術。

太有結朱的調調，是讓我難以模仿的程度。

「雖然說得很酷，但結果卻是生出妳這樣極度需要被認可的怪獸來，毫無說服力呢。」

看到我白了她一眼，結朱反而一臉得意。

「那沒辦法，像我這樣擁有眾多能讓人喜歡上的要素的人，有什麼理由不喜歡自己呢？我最清楚自己的長處和努力囉？當然會喜歡上自己囉！」

「真是乾脆啊，妳這個人。」

到了這一步，反而爽快多了。

「所以大和，為了攻陷我要努力成長喔。」

「抱歉喔，我的魅力就在於不做作、腳踏實地的這一形象。」

面對結朱的提議，我只是聳聳肩無視。

「說什麼就會變成什麼呢。最少要為了喜歡的女孩子進步一點嘛。」

嘟著嘴抱怨後，結朱嘆了口氣。

「……欸但是，大和確實不要為了這種事努力才好。」

「怎麼突然說這個。新的挖苦方式？」

本以為她會抱怨，結朱的臉上卻浮現難以揣測的平靜笑容。

「才不是。你想嘛，只要有自己討厭或是不行的地方，我都會盡全力去克服。但大和不會做那種事吧。」

「算是吧。」

只有苦痛的成長過程，我在國中時期就已經放棄了。

聽到我認同後，結朱像是看到什麼耀眼的事物般瞇起眼。

「就那方面來說，我偶爾挺羨慕你的呢。看起來很開心。」

「……這果然是新的挖苦方式吧。」

面對試圖探詢真意的我，結朱緩緩地搖頭。

「不是喔。該怎麼說？接受有些事情自己無能為力的感覺，某種意義上也是種頓悟吧。我總是想要消除自己無能為力的部分，因此常常覺得痛苦。」

「……欸，也是會有這種事。」

這傢伙不僅是對自己，也試圖掌握周圍的人際關係。

然後，在某種程度上必須具有讓它成功的能力。

她也明白這樣反而招致痛苦，卻不得不出手。

「但是，妳對此感到快樂吧？」

就像是給枯萎的花澆水，想讓它漂亮地綻放一般。

只要看到自己周圍能夠平穩運轉，自己也能感到幸福。

這是結朱擁有的最大美德，也是跟過去的我決定性的差別。

「……是啊。所以，我真的偶爾會羨慕你一下呢。」

也許是被我點出心裡話而有點害羞吧，結朱露出有些靦腆的微笑。

「而且，果然還是會有不開心的部分。」

「喔，例如？」

能讓結朱說出不開心的事情到底是什麼，我略感好奇地詢問。

這時，結朱露出像是看到陷阱捕捉到獵物的獵人的微笑。

「那當然是，看到大和跟其他女人相處良好而生氣之類的，希望你能關心我之類的，這種事情喔。很辛苦吧～？」

「喂，結果還是挖苦吧。」

巧妙地接了一句不合時的吐槽後，我皺起眉頭。

「欸也可以這麼說啦。所以，你不覺得我們應該就能掌控的部分賺取積分嗎？難得都坐在情侶座了。」

砰的一聲，結朱依偎在我懷裡。

完全依靠在我懷中既柔軟又纖細的身體，讓我不禁小鹿亂撞。

「真是的……結果，妳只是想做這種事吧。」

看到我為了掩飾緊張而露出的呆愣表情，結朱開心地點點頭。

「那當然。我怎麼會放過這種機會。」

「……欸，隨妳。」

我並不打算強硬拒絕，原封不動地接納她的行為。

不知何時，最初的尷尬氣氛已經消失。

在離開咖啡廳後，我們散步了幾分鐘。

這次我們真的打算去買圍巾，但途中結朱卻停了下來。

「……啊，這種地方竟然有雜貨店，不知道有賣些什麼。」

結朱興致勃勃地窺探著店內。

「要進去逛逛嗎？」

「嗯，去看看。」

畢竟還有時間，我們決定進去逛一下。

「哇……有好多可愛的東西。」

結朱兩眼放光，環視著櫃中琳琅滿目的商品。

接著，拿起其中一個商品。

「啊……我喜歡這個。好棒喔。吶吶你看，大和。」

結朱有些興奮要我看的是一支金色湯匙。

但是，形狀跟一般的不同，是鐵鍬的形狀。

「嘿，還有這種東西啊。」

「嗯，我的感性一下子就湧現了。啊，還有銀色款式……這個也很可愛呢，乾脆都買好了。」

結朱邊看著茶匙邊喃喃自語。

我能明白她的心情。我在遊戲商店挑選遊戲的時候，也是同樣的心情。

然後，像這種挑選的時候是很開心的，而沒有插嘴只是任由她獨自糾結則是我的做法。

「不行，好難抉擇。吶大和，這時候該怎麼辦？」

「把普通的茶匙扔進湖中就好囉。」

「就算這樣也不會有神跑出來問你是金斧頭或銀斧頭啦！那種東西只是童話而已。」

因為奇幻路線被駁回了，所以我也認真思考起來。

「欸，兩個都買不就行了？不管買哪邊都會覺得可惜吧。」

我這樣提議後，結朱不知為何皺起眉頭。

「原來如此。『茶匙和女人都是多挑幾個比較好』的主意嗎？」

「前所未聞啊。」

我冷淡的吐槽似乎沒能傳達給她，結朱哀傷地嘆了口氣。

「沒想到大和是茶匙後宮主義呢。」

「那是什麼簡稱啊。話說除了我以外還有其他大和嗎……不對，再說我才沒有抱持那種主義啦！」

差點就認同這個首次聽到的主義。

「欸那個先放一邊……果然兩把都買好了。機會難得也買下茶具組湊一整套好了。」

剛才無意義的對話好像有什麼參考價值，結朱似乎下定了決心。

「一套啊……這麼衝動買下好嗎？總覺得三個月後就會在櫥櫃裡積灰塵呢。」

面對有點擔心的我，結朱露出得意的笑容。

「沒問題的，我本身就是個紅茶派。在家也很常喝紅茶喔，不會買來放著不用的。」

「我怎麼記得，妳比較常喝咖啡啊。」

我回想一下，發現她也常在自動販賣機買咖啡。

「你的想法反了喔。我是因為喜歡紅茶，所以無法妥協紅茶的味道。但是，咖啡的話就能妥協了，所以咖啡可以隨意喝。」

「總覺得是很不可思議的現象呢。」

好像是能接受，又不能接受的理論。

話雖如此，既然不是無謂的消費，我就沒有阻止的理由。

「不過，差不多也該在社辦喝紅茶了。把這套茶具組放在社辦，然後再買個快煮壺就完美了。」

「在社辦裡常備茶具組啊，都快私有化了呢。」

面對微妙感到愕然的我，結朱不知為何露出得意的表情。

「喔，你說了什麼嗎？把私人的機械破壞帶到社辦玩的大和。」

「……我什麼也沒說。」

遭到這記有著鮮活例子的反擊拳，我完全無法反駁。

「杯子的話就這款吧……不對，這款也很難放棄呢。」

完美ＫＯ我的結朱哼著歌繼續購物。

看到這樣的她，我忽然想到一件事。

——我，可能對結朱還是不怎麼了解。

像這樣的約會時光或是平常在文藝社社辦的相處時間，結朱總是迎合我的興趣。

明明已經相處超過三個月了，我迎合結朱喜好的約會卻少之又少。

動作電影也是，喜歡紅茶也是，我都不知道。

「好，總之其他的之後再買，先買下杯子跟茶匙吧。大和，等我一下喔。」

對我留下這句話後，結朱小跑著前往收銀臺。

「……偽裝情侶、啊。」

這一標籤刺痛著我的內心。

為了達成雙方目標而建立的商業關係。

為了實現同樣的目標而互相幫助、互相交換意見，進而孕育出的關係，確實是這樣——同時，也可能失去了什麼重要的事情。

「久等了～總覺得很抱歉呢，只有我一個人這麼開心。趕快去買圍巾吧。」

結朱結帳後，帶著有些歉意的表情向我走來。

「不會，不用那麼急吧。反正還有時間，可以再多逛逛喔。」

我如此提議後，結朱的表情樂開了花。

「真的？我也好久沒來這附近了，有很多感興趣的店，那麼我們走吧。」

結朱握住我的手，踏著宛若彈起的輕快步伐走了起來。

——我想知道更多結朱的事情。

看著她的側臉的同時，這樣的心情充斥我的胸口。

在這之後我們逛了各式各樣的店，直到傍晚我們終於決定去買圍巾，而往服裝店走去。

「那麼大和，要是有什麼中意的圍巾就跟我說喔。」

一走進女生服裝為主的服裝店，結朱就把選擇權交給我。

「欸說是這麼說……但這比想像中還難啊。」

在充滿女生服裝的商場有種微妙的疏離感，在這裡隨意挑選讓人有些不安啊。

「總而言之，這個和這個不要吧……」

我先排除了黑色圍巾。

「喔，排除這個顏色啊。還以為你會優先選這種呢。」

大概是對我的選擇感到意外，結朱詢問道。

「直覺吧。不像結朱的風格這樣。想到妳穿著制服圍上圍巾的樣子，亮一點的款式會比較好。」

基本上，結朱是不太喜歡沉穩顏色的女生。

我們學校的制服原本就是穩重的藍色系，再搭上黑色圍巾，這樣不是她喜歡的風格吧。

「喔～～……原來如此，意外替我著想呢。老實說，我還以為你會更隨便一點。」

「要是連服裝都隨便穿，我真的會被認為沒品味呢。」

這是平時給人留下時髦印象的傢伙才能做到的本領。

「……好，就決定是這個了。」

接著，我選擇的是有著格子花紋的橘色圍巾。

這種款式的話跟制服很搭，鮮豔的顏色就算搭配私服應該也很顯眼吧。

「如何？」

對自己的品味不太有自信的我戒慎恐懼地詢問，結朱面無表情地盯著圍巾。

「嗯～……」

面對以為對方不滿意而緊張不已的我，結朱突然綻放笑容。

「合格喔。」

「喂，別嚇我啊。」

抗議結朱無意義讓我焦慮一事，她便呵呵地笑了起來。

「哎呀，不禁就——但大和挑的確實是我喜歡款式呢。我很滿意喔。」

結朱拿起橘色圍巾，仰視著我。

「我會珍惜它的。」

「……嗯。」

聽到她的話，我也輕輕點頭。

雖然有些搔癢，但不是什麼壞的感覺。

「好，做為幫我挑圍巾的謝禮，就照大和的嗜好試穿幾套衣服吧。讓你好好品味給可愛女友換裝的快樂吧。」

但是，這份心情卻被結朱突然爆發的自戀發言破壞到消失殆盡。

「妳的心意我心領了。」

「別客氣嘛。那麼，希望我穿什麼呢？」

「沒什麼希望妳穿的。」

果斷否定後，結朱的表情不知為何輕微地抽搐。

「咦……那、那就是想看裸體嗎？那個果然有點……」

「不是那個意思喔？」

引起不得了的曲解。

「好，那我來提供選項，大和就從中挑選自己喜歡的服裝，這樣如何？」

「……就這樣吧。」

我也沒有什麼損失，也覺得老老實實地協助挑選比較好。

「大和重視的是哪個呢？顏色、材質、設計、尺寸。」

「欸，首先是尺寸吧？」

人家不是常說，就是設計和顏色再好，穿著尺寸不合身的衣服也有一種被穿上的印象。

聽到我的回答，結朱一個點頭。

「原來如此。選擇了尺寸的你有個情投意合的搭檔，而且他是個具有行動力的人。」

「心理測驗!?」

漫不經心的詢問中，竟然藏有意想不到的陷阱。

「具有行動力的人說的就是我！相性很搭！」

「什麼啊，這個暗算！」

一放鬆竟然是我有損失嘛。判斷失誤！

「欸，開玩笑的。好，再選一次衣服吧！」

「好難選啊！想到又會被測驗什麼就嚇到不行！」

我全力對抗著微笑胡鬧的結朱。

「原來如此，那我再給你選項——」

我已經察覺給出選項這件事反而比較可怕。

看了一圈商品，我拿起一件中意的灰色連身裙。別致又清純的氛圍，對於不說話時毫無疑問是美人的結朱來說絕配吧。

「那就，這個吧。」

「嘿，大和喜歡這種的啊？嗯哼……」

「喂，不要上下打量我啦。快點去換衣服吧。」

被分析自己的喜好什麼的，微妙地感到羞恥。

「好好，等等喔。啊，不可以偷窺喔？」

「誰要偷窺啊。」

我揮手打發她，要她快點進試衣間。

就這樣等了幾分鐘後，試衣間的簾子被拉開。

「鏘～好看嗎？可愛嗎？」

及膝的白色針織連身裙，以及從裙底延伸出來的黑絲襪。

由於是自己選的當然很喜歡，但完全符合我的喜好反而困擾。

「……欸，還不錯啦。」

「啊，害羞了。」

「吵死了。」

過於誇獎她的話就會得寸進尺，所以我刻意皺起眉頭，但遺憾的是為時已晚，結朱開心地窺視著我的表情。

「讓女朋友穿上自己喜歡的衣服款式，染上自己顏色的感覺如何？重新愛上我了？」

「是，完全再次愛上妳了喔。最愛妳了最愛妳了。」

「唔嗯，這種敷衍的態度還是可以看出是在掩飾害羞呢。好，我滿足了。」

把我隨意的反應也積極解釋後，結朱開心地點頭。

「……隨妳解釋吧。」

不想再被吐槽這點的我，在她說出多餘的話之前就先舉起白旗。

「這樣的話也買下這件吧。大和也會更開心吧。」

「拜託饒了我吧……」

異性相關的興趣喜好被徹底捉弄一番，我遭受巨大傷害。

光買下圍巾就非常消耗精神力了，再這樣下去可承受不住。

「真可惜，那我換回原本的服裝囉。啊，再說一次，不可以偷——」

「誰會偷窺啦！」

就像是要逃離我的瞪視，結朱拉上了試衣間的簾子。

「真是的……」

我一邊嘆氣，一邊靜靜地思考。

該怎麼說，將自己的喜好傳達給對方這件事意外超羞恥呢。

而且，對方配合自己的喜好穿著打扮……既搔癢又羞恥，但意外地還不錯。

「……我的喜好也是，還有好多沒有跟她說呢。」

不僅是我不了解結朱的喜好。

雙方還有很多非得持續累積的事物。

「久等了～」

「喔，那，我們去收銀檯吧。」

換回原本衣服的結朱一出來後，我們馬上離開店裡。

「哇，已經這麼晚了。」

一走出店內，結朱看著天空高聲說道。

進入店裡時還被夕陽染紅的街道，現在已被夜晚黑幕籠罩。

「差不多該回去了，今天也走了不少路。」

「嗯，雖然很可惜但就這樣吧。」

結朱一邊點著頭，一邊將剛才從店裡買下的圍巾圍在脖子上，看著我。

「如何，好看嗎？」

「價格標籤還掛著喔。」

「唔咕。」

結朱慌慌張張地從包裡拿出筆，把標籤一圈一圈地捲起來弄斷。這傢伙，在這方面還挺機靈的嘛。

「討厭，為什麼大和總是注意到這種多餘的事情啦。」

結朱嘟起嘴，戳著我的側腹。

「別戳啦。是我錯啦好不好。」

我無法承受住側腹攻擊而道歉後，結朱便收回了手指。

「真是的……但今天的約會很開心所以原諒你，大和還是記得要多營造一點氣氛喔。」

「以後會注意。」

大概是看到我輕易接受了她的嚴重警告而感到滿意吧，結朱朝我伸出手。

「那麼，回家吧。」

「嗯。」

我握住她的手，向前走去。

「但是，今天或許有些不錯的發現喔。」

結朱一邊走著一邊嘟囔。

我不由得感到疑惑。

「發現什麼？」

「大和可能比我想像中更了解我呢。喜好之類的。」

我對於意外的感想睜大雙眼。

「……是嗎？我想得跟妳完全不一樣，比想像中更不了解結朱呢。」

我直率地回覆後，結朱輕輕搖了搖頭。

「沒有喔。大和一直有好好地關注我喔，想說你原來這麼喜歡我啊。」

「吵死了。」

儘管抱怨，卻不是什麼壞心情。

「結朱。」

在這話題告一段落後，我呼喚她的名字。

「什麼？」

她仰望著我，我也認真地看著她。

「圍巾很適合妳喔，很可愛。」

「什……不、不該現在說吧，這句話！項鍊的時候也是，大和太不會抓誇獎的時間了啦！」

結朱的臉蛋立刻變得通紅。

「哎呀，沒想到同樣的手段能成功呢。妳啊，一如既往防禦力很弱呢。」

「煩死了！」

因為突襲成功而開心的我，以及連耳朵都通紅的結朱。

兩人一邊聊天一邊走在回家的道路上。

途中，我想起今天非做不可的事情。

得解開『聖誕節一條龍服務』的誤會。

單純因為約會很開心就將它拋諸腦後，但這才是今天最重要的事情。

「謝謝你送我回來。我今天很開心喔。」

想起這件最重要事情的同時，我們已經抵達結朱家的門前。

「喔、喔。」

雖然才剛想起來還沒做好心理準備，但現在非說不可。

我做了一個深呼吸，做好覺悟挺直腰桿。

「那個啊，結朱——」

「啊，對了。」

就在我準備踏出這一步的同時，很不巧地結朱把手伸進包內。

「怎、怎麼了？」

我嚇了一跳，想看看現在是什麼情況，她從包包中拿出精緻包裝好的包裹。

「這個，給大和。」

我順著她的話，收下包裹。

「……怎麼了，這個。可以打開嗎？」

「請喔請喔。」

小心翼翼打開包裝，拿出裡頭的物品。

裡頭的物品是，剛才雜貨店裡看過的茶杯。

「這個……不是剛才買的嗎？」

「嗯，禮物。畢竟還沒給你項鍊的謝禮，想說機會難得，就想說跟你湊一對。真是的，大和真是幸福的人呢！」

「謝、謝謝。」

完全被驚喜吸引住的我，率直地感謝。

聽到這句話，結朱也滿意地點點頭。

「今天呢，很開心能夠了解一些我不知道的大和。意外地覺得跟你交往挺不錯的，買東西也能很認真挑選之類的。原以為男生都不喜歡長時間購物，會說想回家玩遊戲什麼的，我都做好覺悟了說。」

「……事到如今，約會的時候我可不會說那種話。」

不對，雖然我確實可能這麼說就是了。

「嗯，所以很開心能知道那些事情喔。下次再像這樣約會吧。」

結朱自然地浮現幸福的笑容。

——被偷襲了。

和剛才我捉弄她的做法完全無法相比的，爆擊。

「說起來大和，你剛才想說什麼嗎？總覺得被我打斷了。」

大概是想起我剛才的呼喚，結朱如此問道。

現在是解開誤會，最好的時機。

但是——

「不，沒什麼。」

——我放棄訂正聖誕節的事情。

「是嗎？欸大和說沒有就沒有囉。那麼，我回去囉，明天見。」

結朱揮手離去，消失在公寓的電梯內。

目送她離開後，我抬頭仰天，深深嘆了口氣。

「該麼說呢……真是的。」

是因為今天的約會特別開心嗎？

還是因為收到驚喜禮物而感到暖心呢？

又或者是，因為一直思考告白活動的事情導致受到影響。

不，其實在很早之前我就——

「這樣我已經沒辦法再掩飾下去了啊……」

其實，對我自己也已經沒辦法掩飾了。

——我已經，喜歡上七峰結朱這名少女了。

三章 ……過得開心嗎？

自己喜歡上結朱，意識到這個人生最大衝擊的事實的隔天。
即使如此世界依然持續運轉，日子還是得一如往常度過。
「……沒想到我會變成這樣。」
我邊一個人走在清晨的走廊上，邊低喃。
總覺得走路輕飄飄的。連自己都知道在什麼事情都沒做的情況下，脈搏也稍微加速。
「我也太動搖了吧……這樣下去看到結朱的臉該怎麼辦才好。」
雖然今天結朱要和小谷一起去上學，所以早上各自行動；抵達教室的話，就會很自然碰面了吧。
糟糕，有點緊張。
「喔，剛好呢，和泉。」

這個時候，有人從背後拍了我的肩膀。

「唔喔!?」

我不禁退了幾步才轉過身，出現的是不知所措的生瀨。

「不用這麼訝異吧……怎麼了，和泉。」

「不、不，沒什麼。習慣平常不會有人向我搭話的生活而已。」

我立刻掩飾說道後，生瀨不知為什麼一臉複雜。

「別突然說這麼悲哀的事嘛……我也有挑時機才跟你搭話，打起精神吧。」

「抱歉……這件事我基本沒印象。」

「別突然說這麼悲哀的事啊！我的孤獨感更強了呢，現在！」

看到他過度的反應，我反而冷靜下來。

「那麼，有什麼事？那個……生、生瀨。」

「剛才有一瞬間，連我的名字都忘了嗎!?明明同班八個月了！」

「欸剛剛有一半是開玩笑的。」

「還有一半真是讓人在意！」

「別在意。比起那個，有什麼事？」

我再次催促，生瀨深吸了一口氣後進入主題。

「想跟你聊一下聖誕節的事情。」

就這個時節來說不難想像，果然是那件事。

他確認四周沒有人後，小聲地對我說。

「亞妃啊，打算在聖誕節時再跟颯太告白一次。」

「嘿……之前說話的時候，還是一副讓人著急的氛圍。」

本以為，她光是邀約櫻庭在聖誕節約會就費盡全力了，沒想到還一鼓作氣打算告白。

「當然，為了讓亞妃有那股勇氣我們可是煞費苦心……」

生瀨望向遠方，看來這傢伙也是拚命在煽動呢。

「那麼，告訴我這些的理由是？該不會是要我幫忙吧？」

小谷明明說了不需要我的協助才是。

我想著這些詢問道，生瀨一臉認真地回答。

「沒什麼，做點提前報備而已。小結朱會比以前更以亞妃為主，所以如果和泉跟小結朱有爭執就糟了。」

原來如此。結朱要是把心思放在小谷身上的話，最先有所損失的就是我。

因此，在我對結朱表達不滿前，先打個預防針。交涉力真強啊，這傢伙。

「那些我都理解……但最現實的問題是，小谷沒問題嗎？」

現在的我，已經充分了解告白這種行為需要多大的勇氣。

而且，再次進攻曾經甩過自己一次的對象，根本不是相同的精神力，已經是讓我有些尊敬的程度了。

「還是有勝算，如果需要安慰我們也會努力。所以，才像這樣先跟你談談。」

生瀨的話中，包含了強烈的決心。

「……欸，我知道了。重要時期我不會做出干擾你們的行為。」

我現在也處於麻煩時期，所以希望自己別給跟我一樣，不對，是比我更辛苦的小谷增加負擔。

「和泉……嗯，謝謝你。你意外是個重情義的男人呢。果然朋友是不可或缺的。」

鬆了一口氣的生瀨說出難以理解的話語。

「朋友？咦，是在說誰跟誰？」

「我跟和泉啊！」

「生瀨……聽好了，我跟你的關係頂多是『剛好被分配到同一班度過八個月的人』。」

「有必要如此否定嗎!?明明一起經歷過風風雨雨！欸，成為朋友是這麼困難的事情嗎!?」

生瀨直率地說出陽角屬性全開的話語。這傢伙似乎很容易交到朋友呢。

「欸剛才那些話有一半是開玩笑的。」

「所以說剩下的一半呢！從剛才開始剩下的一半都很讓人焦躁啊！」

我無視生瀨的抱怨，繼續說道。

「總之，我也祈禱事情能夠順利喔。這也是為了結朱。」

我直率地表達心情，他呆愣了一下後，露出苦笑。

「唔哇，我吃了一大口狗糧呢。你有這麼喜歡結朱啊。」

生瀨說出這句混雜著捉弄的嫉妒話語後，我聳聳肩回答。

「那當然了，畢竟是我最愛的女友。」

我毫不害羞地肯定，生瀨明顯地皺了皺眉頭。

「好的好的，我好了。被這樣愛著的結朱真是幸福呢。總覺得她跟和泉交往後，比以前更容易露出笑容呢。」

他說出令我感到些許意外的話。

「……是嗎？」

我直率地感到震驚後，生瀨露出苦笑並點頭。

「是啊，果然展露給我們看的表情，跟對和泉的表情是不一樣的喔。」

儘管結朱相當擅長裝乖，但生瀨的溝通能力也很強。

無意識的情況下，就會感受到她的不同吧。

「大概，對於小結朱來說，你就是個，能夠安心展現不能讓我們知道的那一面的必需之人吧。所以和泉能跟小結朱交往，我覺得很好。」

生瀨帶著欣慰的微笑看著我。

儘管是自己在秀恩愛，但我還是有些害羞地轉過身去。

「……欸，能讓你這麼想不是件壞事就是了。」

「那就好。欸不過，再被你繼續秀恩愛下去，都要從嘴裡吐出砂糖了，我差不多該閃人了。」

說完，他便轉身朝著教室的反方向離開。

「喔，你們也加油喔。」

朝著他的背影應援一聲後，我也走往教室。

雖然說是意外的訪客，但和他交談後，總算解除了緊張感。

我流暢地打開教室們，進入室內。

我一進入教室，便與正在跟幾位同學聊天的結朱四目相對。

「…………」

她沒有出聲，而是用脣語對我說「早安」，並輕輕揮手。

我也輕輕舉起一隻手回應，趁還沒人注意到的時候坐到自己的位置上，望向窗外。

「……真是的，真是服了我自己。」

光是這樣些許的互動，就讓我感到開心。

如同生瀨所言，結朱休息時間跟午休也是跟小谷度過。

也因此整整一天，我都沒跟她說過話。

「……然後，突然就約說要在這裡獨處。」

放學後的文藝社社辦。

為了做好心理準備而先單獨來到教室的我，坐在折疊椅上聚精會神。

沒問題的，我，已經抵達心如止水的境界。

「好，心理準備——」

「久等了～！抱歉，我晚到了！」

「唔喔!?」

結朱在特殊時機下進入房間，瞬間打破我的心如止水。

「怎麼了，大和？」

看到我的反應，結朱瞪了雙眼。

「沒、沒事……妳突然打開門，不禁就——」

生瀨的時候也是，今天總是被嚇到。我如此心神不寧嗎？

「這樣啊。那麼雖然稱不上是道歉，我帶了好東西來喔。」

結朱一邊說著一邊從包包裡拿出銀色的水壺。

「鏘！猜猜裡面是什麼？」

「是什麼，咖啡嗎？」

「錯囉！給你一個大提示。提示一，H_2O。」

「不就是水。話說這不就是答案。」

說是提示，結果給了正解。真是全新形式的問答遊戲啊。

「可惜，正解是熱水，而且是很熱的熱水。」

「什麼啊，這種隨意的陷阱題。」

欸不過，中了陷阱的我也沒什麼好說的。

「話說，為什麼要帶熱水來？」

在我詢問根本性的問題後，結朱從包包中拿出紙袋。

裡頭是昨天買的茶杯跟茶匙。

「想使用這個看看，就整組帶過來了。大和不是也帶了茶杯過來？」

「是啊，姑且帶來了。」

我也從包包拿出裝著茶杯的盒子。

隨後，結朱呵呵地笑了。

「……總覺得，把送你的禮物拿來用沒問題嗎？」

「啊，嗯。」

突然害羞起來，我移開視線。

這段期間，結朱開始準備泡茶。

「啊，開始前先問一句，大和是紅茶派？還是咖啡派？」

「硬要說的話是咖啡派吧。」

「原來如此。順道一提，我今天只帶了花草茶。」

「那妳問什麼問……」

儘管夾帶了一些無意義的鋪墊，結朱還是俐落地泡好茶，滿足地點了頭。

「好，完成。」

茶杯中，注入了絢麗的琥珀色液體。

「大和，茶杯給我。」

「好。」

將熱水倒入茶杯中溫杯後，她拿掉濾網，將花草茶注入茶杯中。

「好，請用。這是結朱特製的洋甘菊茶喔。這裡面也富含我的心意喔。」

「總覺得我會反胃呢。」

「還有明明說自己是紅茶派，第一次使用茶具卻泡花草茶，言行不一致呢。」

「確實這點會讓人『嗯？』一下。」

我沒特地吐槽的部分，竟然自己說出來了。

「哎呀，剛好紅茶存貨沒了。」

「妳啊，真的是紅茶派的嗎？」

結朱耶嘿嘿地害羞笑著，我則投以懷疑的視線。

「味道沒問題的啦，滿滿的愛意喔。」

「好吧……」

坐到與結朱並排的折疊椅上，我輕輕吹涼熱氣，然後飲下洋甘菊茶。

包含獨特清爽的茶香竄入鼻腔中，我感到一股暖意落入胃內。

「好喝。」

「真的，太好了。」

結朱一臉開心，並雙手握住茶杯喝下花草茶。

然後，可能是因為現在的狀態令人安心吧。

剛才被震驚吹飛的緊張，再次回到我的心中。

「…………」

糟糕，不知道該說些什麼。

「果然喝點熱飲很舒服呢。之後也配合季節，帶各種不同的雜貨過來比較好呢。」

「是、是啊。」

一邊附和著，我為了不讓自己空閒下來，喝著香草茶。

雖然洋甘菊茶似乎有讓人放鬆的效果，但現在好像沒有發揮這點潛在功能。

我跟結朱平常都聊些什麼啊。

「對了大和，今天不打電動嗎？」

結朱不可思議地催促後，我才突然察覺。

對了，平常都是通過遊戲製造話題，竟然忘記這麼基本的事情，真的非常緊張啊。

「是啊，差不多該玩了。」

我將古老的遊戲機插上電源，拿著手把。

「結朱，要先玩嗎？」

現在玩的遊戲是單人遊戲，我和結朱交換著玩。

「不用，我想好好享受花草茶。」

「這樣啊，那我就不客氣了。」

重新面向讀檔完成的遊戲畫面，我接續之前的遊戲。

手持鑰匙型的大劍，和世界著名的鴨子以及狗狗角色，一起在世界各地冒險的故事。

「話說，結朱經常只是看我玩遊戲呢。不覺得無聊嗎？」

熟練操作打倒雜魚敵人後，我又回到能夠閒聊的平常心。

「沒那種事喔。我也喜歡看別人玩遊戲，也很想知道故事接下來的發展。」

結朱只是看著螢幕，接下話題。

「是嗎？」

「嗯，該怎麼說，就像看遊戲實況一樣吧？」

「啊～原來如此。那就好懂了。」

「對吧？而且能待在特等席觀看現場實況，大和又承擔了一半的麻煩和困擾部分。最棒的場所了。」

接著，結朱像是想起什麼看向我。

「大和不看遊戲實況嗎？」

「不會主動去看。我是喜歡自己玩的類型。」

看了遊玩實況，要是那個遊戲看起來很好玩，就會後悔自己怎麼不自己玩。

「這樣啊。那大和看我玩的時候會覺得無聊嗎？」

「嗯～……倒是沒有。意外地很有趣。」

「喔，果然要是可愛的小結朱來玩的話，就有一看的價值囉。」

「沒有那種事喔。」

雖然慎重地否定了，卻無法制止開始啟動的自戀狂。

「不不，不用掩飾喔。我如果專心玩遊戲，大和就可以不著痕跡地欣賞女友的側臉了。討厭啦，大和好心機。」

「我又被強加了莫須有的腹黑屬性啊。」

出現了奇怪的冤罪。為了防止她暴走，我得趕快解開誤會。

「聽好了。我說的『意外地很有趣』，是指看著萌新的妳很菜地操作一點一點進步的這件事。舉例來說，有點接近在幼兒園運動會上小朋友們的成長。」

「你是怎麼看待我的啦，把我當成小孩子啊。」

「已經不是有趣了，該說是有點感動呢。那麼小的結朱現在已經可以好好握住手把了……」

「那麼小是什麼意思!?不是高中才見面嗎！情感移入太多已經出現不存在的過去了！」

「妳長大了呢，結朱。」

「和相遇的時候大小根本沒變嘛！」

面對結朱的抗議，我輕笑著回道。

「欸，總之妳玩的時候我也覺得很有趣，不用擔心。」

「……真的？」

「真的。」

一邊輕鬆回應後，我也放下心來。

老實說，真的有點不安。

因為我的心境變化，很擔心若無其事的日常步調會不會因此崩壞。
但是，沒有問題，一如既往的日常仍在繼續。
今後也沒問題的。我可以好好掌控自己的心情。
如此確信後，我安心地將注意力集中到遊戲畫面。
但，不知為何結朱的視線始終放在我的側臉上。
「……怎麼了？」
感覺不太舒服便詢問她，結朱疑惑地微微歪著頭。
「不是，你平常開始玩遊戲之後都會一直專心玩遊戲，今天竟然會關心我的事情，就在想是怎麼回事啊。」
擔心自己的心意是不是被看穿了，我的心跳稍微加快。
同時，又有種複雜的心情。
「……我平時是這麼靠不住的男友嗎？」
「意外的是。」
光是無法否定這點，實在讓我難過。
「我只是偶爾也會有這種情況。」
「這樣啊。」

點點頭後，結朱緊緊靠在我的肩膀上。

「那麼，我衷心期待那樣的時候能再出現。」

「……別太期待啊。」

為了掩飾自己的害羞，我專注在遊戲畫面上。

但，大概是這份緊張也蔓延到遊戲中，畫面中的少年狠狠吃了敵人的攻擊。

兩人輪流玩著遊戲的幾小時後。

剛好是結朱的場合，我們要挑戰ＢＯＳＳ關卡。

「啊，糟糕！這傢伙好強！」

「沒問題！隊友會幫你回血！」

我才剛說完，鴨子角色就發動了回復魔法。

「好耶！就這樣輸出一波可以嗎⁉」

「喔，上吧！」

結朱操縱著少年使出不要命的連擊，擊敗魔王怪物。

「好耶！打倒了！」

結朱放下手把，舉起兩手面向我。

「喔，恭喜！」

我也配合她，跟她擊掌。

「哎呀～好強呢。」

「是啊，這樣就可以進入下一關了。」

一邊開心地說著，一邊欣賞著打倒BOSS後的故事。

那麼，接下來要進入哪一個世界呢——這樣想著的時候，螢幕畫面突然暗掉。

「咦。」

「嗯？」

我們同時發出驚呼。

一瞬間，還以為是按錯了電視的遙控器，但並非如此。

不只是電視，遊戲機也完全停止了。

「怎麼了，發生什麼事了？」

「吶大和，你看看校舍。」

面對終於明白狀況的我，結朱對我說道。

我照著她說的，往校舍的方向望去，所有的教室都一片黑暗。

「停電嗎？」

為了不讓人發現我們擅自使用文藝社社辦，平常都不開燈，但其他的教室也一片黑暗就實屬罕見了。

「看起來是這樣呢……啊，這麼說來，今天颯太好像有跟我說因為要確認電氣設備，所以社團活動會提早結束。」

原來如此，為了定期檢查的計畫性停電啊。

雖然通知了參加社團的學生們，但因為跟留在學校的一般學生無關，就沒有特意知會了。

我明白這點後，意識到一個問題。

「……喂，最後存檔是什麼時候？」

面對我的問題，結朱的表情輕微抽搐。

「……大概一個小時之前。」

在不存檔的情況下挑戰魔王的代價，就是出現了意料之外的事情。

「唔哇……明天再重打吧。」

我不禁沮喪地垂下頭。

「好啦好啦。今天已經不想玩了，總之收拾東西回家吧。」

「是啊。」

嘆了一口氣後，我們開始準備撤退。

我收拾遊戲，結朱將茶具俐落地收拾好，離開文藝社社辦。

果然走廊也一片漆黑，只有緊急出口的標示燈散發出不舒服的幽光。

「總、總覺得這種漆黑的走廊……會有那個跑出來呢。」

結朱瑟瑟發抖，並像小動物般警戒著四周。

「妳說那個，幽靈喔？」

我跟她確認後，結朱的表情變成鐵青。

「不、不要說出名字啦！世上有種東西叫作言靈耶！說出來就會吸引對方靠近的！」

「妳一臉認真地跟我說這種迷信的事情，我也……」

「才不是迷信！我也是每天對自己說自己很可愛，實際上也變得可愛了。硬要說的話，我的可愛就是證據。」

「即使害怕，自我稱讚還是不會停下啊。」

這副自戀的模樣，說不定幽靈看到了也會佩服她。

「嗚嗚……腳都在抖了。我走不動了啦所以叫計程車吧，大和。」

「現在還在校舍耶。」

大概是因為非常緊張的關係，結朱提出了無理的要求。

「要是真的有言靈這種東西的話，只要說幽靈不存在就行了吧。這樣的話不就會消失了？」

我嘗試利用結朱的主張給予正向建議後，她震驚地搖了搖頭。

「不可能。就如同我原本就很可愛，才會一直對自己說我好可愛喔。光用說的就能讓自己變得可愛的話，那每個人都不用努力了。」

「到底偏向哪個啦。」

結朱自己把自己表達的證據給破壞掉了。

「總而言之！這麼黑我真的很怕啦！大和，牽著我的手好嗎？可以全身發光的話更好。」

「當然不可以。我是螢烏賊啊。」

實際上，選項自始至終只有一個。

「真拿妳沒辦法……來？」

我伸出手後，結朱一把抱住我的手腕。

「不、不是要牽手嗎？」

「事實上我發現緊密度越高我越不害怕喔。都想讓你背著我了。」

因為突然其來的動作而感覺心跳加速並抗議後，結朱一臉認真地嘟囔著。

「……那真是太可怕了。好，走吧。」

結朱應該也心跳加速吧，我則是因為另一種原因導致心跳加快。

手臂被女友的體溫與柔軟包裹著，神經系統就不經意地往那邊集中。

自文化祭以來，也有好幾次像這樣的親密接觸。

昨天約會的時候，也有這種程度的接觸。

所以，應該已經習慣了才對……但似乎因為我心境的變化，今天比以往更難保持平常心。

大概是因為緊張吧，雙方都沉默不語。

「這、這麼安靜超級可怕的。大和，說說話啦。」

或許是受不了那種氣氛，結朱如此要求。

「知道了。那現在為您帶來世界怪談『食人小丑』。」

「別帶來啦！光聽標題就知道是恐怖故事！極度不留情地想要解決我是吧，大和！」

「哎呀妳想，就像熱的時候吃辣的會覺得涼快一樣，害怕的時候聽點恐怖故事反而不覺得可怕了。」

「我就只接受你的心意了，大和這輩子都別再顧慮這種事了。」

儘管說著這些話，我們卻實實在在地在走廊上前進。

跟鬼屋不同，沒有扮裝的人也沒有墳墓，當然也不會出現靈異現象，就這樣離開校舍。

「呼……到這裡就可以安心了呢。」

剛走出校門，結朱就鬆了一口氣。

「遊戲進度被消除，又開試膽大會，雙方都很狼狽呢。」

我如此感慨說完後，她便保持著緊貼的姿勢，仰視我。

「是嗎？最少大和能像這樣跟我黏在一起，不是賺到了？」

「看來妳狀態還挺好的嘛。好，接下來為您帶來『食人小丑』怪談——」

「那就不用了！」

說到一半，結朱便飛速從我身邊退開。

「……大和欺負人。」

結朱鼓起臉頰，可愛地鬧著彆扭。

「哎呀，抱歉。不禁就……」

要是真的欺負她我也會很困擾，便先屈服了。

接著，結朱也像是恢復了心情，露出苦笑。

「真是過分的男友呢。能跟這麼過分的男友交往，也只有我了呢。不好好珍惜我可是會受到天罰的喔。」

「我很珍惜妳啊，僅次於遊戲。」

「到底什麼時候我才能戰勝遊戲啊!?好，確定大和會受到天罰了！」

「那真是太可怕了。現在開始為了讓妳撤回這句話，會當個護花使者送妳回家。您就饒了我吧。」

我伸出手後，結朱的表情稍微和緩，回握住我。

「嗯，看你表現囉。做得不錯就收回天罰。」

「天罰是由妳決定的喔？已經成神了呢。」

「討厭啦，居然說我跟女神一樣美麗。大和誇過頭了。」

「我明明一句話都沒說就說我誇過頭。學到了呢。」

我聳聳肩，踏上歸途。

——雖然遭遇了非常糟糕的麻煩，狼狽不堪。

即使如此我還是覺得很開心，我不禁苦笑。

回到家，吃完晚飯，做完習題，也洗好澡了。

平常的話現在就會開始玩遊戲了，今天卻遲遲沒有那種心情，頭髮還沒吹乾就躺在床上。

「連自己都覺得可怕的變化呢……」

對自己的狀態感到困惑的同時，我盯著手機。

畫面上顯示的是結朱聯繫方式。

是只要按一下螢幕就能和她通話的狀態。

「嗯……」

明明幾小時前還在一起，總覺得現在又想聽到她的聲音了。

今天一整天，等我回過神時就發現自己的目光一直追著結朱，只是稍微接觸就感到特別害羞，總覺得自己不再是自己了。

「我忽然打給她也挺奇怪的……」

雖然結朱打過幾通電話給我，但沒有要事的話我是不會打給她的。

現在也是，儘管我思考著有什麼合適的藉口可以打給她，卻想不到。

「……不行，下次再說吧。」

想不到像樣理由的我，嘆了口氣放棄了。

隨後將視線從螢幕上移開，不經意看到日曆。

距離聖誕節不到兩個禮拜了。

「……『聖誕節一條龍服務』嗎？」

那是向單戀對象告白的活動。

昨天約會打算解開誤會的時候，我大致就決定好了。

「要……告白嗎？我對結朱。」

再次說出口後，突然感受到了壓力。

勝算，大概是有。

就第三者的角度來說，應該會覺得趕快去告白吧。

但，若發生在自己身上，這種客觀性就消失了。

「嗚嗚嗚……」

如果是我自作多情怎麼辦。

至今為止我對結朱的態度都是關係好的朋友，沒有視為戀愛對象……簡單來說不是「love」而是「like」的感覺。

說到底，我有對結朱做什麼讓她喜歡上我的事情嗎？

只是每天一起玩遊戲。而且，還是結朱配合我的興趣而已。

讓他人視自己為異性的事情，真的只能日積月累嗎？

「……突然對小谷的話感同身受了。」

我不禁低喃道。

『告白的時候啊，我只看到自己不足的地方喔。我的性格這麼差難以交往之類的，兩個人交談次數不夠之類的，最近沒什麼對上視線之類的。』

這句話真是真理。

到了鼓起勇氣的階段，終於發現自己的不足。

『……有多喜歡對方是毫無疑問的，但有多喜歡自己也是很重要的、嗎？』

我，能夠喜歡上自己嗎？

在聖誕節之前，準備好告白的程度。

「……不行，洗把臉吧。」

我感受到思緒堵塞，深深嘆了口氣後坐起身來。

這時。

「……哈啾！」

因為寒冬沒吹乾頭髮的關係吧，我不禁打了個噴嚏。

「好冷啊。現在去拿吹風機……」

這時，我的視線落在手中的手機螢幕上。

上頭顯示『七峰結朱聯繫中』。

「…………………不對不對不對。」

欸，不小心按到嗎？打噴嚏的時候？

怎、怎麼辦？雖然撥了電話但有合適的理由嗎？不對，比起這個，應該在結朱接通前掛斷電話——

『嗨，喂。』

但是，比我付諸行動快了一步，手機接聽處傳來結朱的聲音。

晚了……這樣一來我只能做好覺悟了。

我輕輕做個深呼吸後，將手機放在耳朵邊。

「喂，結朱嗎？」

『喂。真稀奇，大和竟然會打給我。』

結朱的聲音有點激動，是我的錯覺嗎？

「哎呀，就想說妳在做什麼。」

因為沒想到什麼好說詞，只好說些不算藉口的藉口。

『剛做完功課喔。想說稍微休息一下，你剛好就打電話過來。』

沒有什麼特別不可思議的感覺，結朱回覆。

我鬆了一口氣的同時，也對自己的多慮感到羞恥。

『順帶一問，大和做完功課了嗎？』

「當然，如果有掛念的事，就沒辦法專心玩遊戲了。」

『什麼都以遊戲為中心呢，大和。』

透過電話，也能想像結朱愕然的表情。

「是啊，我是以喜歡的東西做為中心過著充實生活的男人。」

『雖然我覺得是不錯的生活方式，但最少聖誕節的時候以我為中心嘛。』

突然切入最敏感的話題，我不禁心跳加速。

「喔、喔。欸，那是……」

不知道是怎麼看待我支支吾吾的回答，她稍微停頓一下後開口道。

『吶，大和對「聖誕節一條龍服務」——』

「怎麼了？」

『……沒什麼，想問你知道這個活動什麼時候開始。你想嘛，差不多該決定要幾點集合。』

「嗯，確實。」

一瞬間，我感覺結朱似乎想要說出別的事情，但電話實在無法察覺細微語調差別。

「彩燈會從日落的時候亮起，那天就——」

大概確認一些事情後，很自然又再次閒聊起來，隨後結朱提高語調。

『哇，已經這個時間了，我差不多要去洗澡了。』

「真的耶，一個不小心就聊了兩個小時。」

看了眼時鐘，我不由得震驚。

『那大和，明天學校見囉。』

「嗯。」

道聲再見後，我等著她掛斷電話。

「…………」

『…………』

但是，不知為何她沒有掛斷電話，只是聽到結朱的呼吸聲。

「……不掛嗎？」

『不是，總覺得很難掛斷……由大和掛斷吧。』

「可以是可以……」

順著結朱的請求，我打算按下掛斷的按鈕。

『…………』

「…………」

『……不掛斷嗎？』

「不、不是，要掛囉。要掛啦……」

電話這種事，光是沒有看到臉這部分就讓人有點無法滿足。

所以，不知不覺就想多聊一下子。

『我知道了。那我數3、2、1，一起掛斷喔！』

大概是覺得這樣下去會沒完沒了，結朱如此提議。

「喔，了解。」

『那麼開始囉，3——』

隨後，結朱開始倒數的瞬間，我便突然掛斷電話。

「不這樣的話，絕對會重蹈覆轍……」

我呼地吐了一口氣。

心情就像是，逃脫輪迴世界的科幻作品的主角。

我品味著這細微的成就感時，手機顯示結朱傳來的訊息。

『為什麼先掛斷啦！叛徒～！』

看到她的訊息，我不禁笑了開來。

「……為了避免浪費時間，感謝我吧。」

我獨自喃喃自語後，多少感覺到自己的心情平靜了下來。

就算掛斷了電話，悸動仍稍微加快。

——我還是，不知道自己能不能喜歡上自己。

但是，比起一直不鼓起勇氣、保持沉默的自己，我還是更喜歡好好傳達我的心情，這點毫無疑問。

幾天後。

我抵達一如既往的會合場所時，結朱已經到了。

「啊，大和，早安～」

「喔，早安。」

結朱揮手迎接我，我也舉起手回應。

因為有所覺悟而冷靜下來之後，之前的動搖宛如騙人一般，這幾天已經能夠抑制自己的情感了。

「晚上確實很冷，早上果然也好冷呢。還好買了圍巾。」

結朱用被圍巾從脖子纏繞至下臉部的嘴巴悶聲說著。

「確實越來越冷了呢。聽說平安夜那天會特別冷。」

「真的？那會下雪囉。」

結朱突然兩眼放光。

「降雪機率大概是百分之五十左右。」

「五五波啊，挺不錯的機率呢。乾脆來祈禱一下吧。」

結朱抬頭看著天空喃喃自己，我也點頭贊同。

「好，那去神社參拜一下吧。」

「祈求聖誕節的事情嗎!?我覺得這不在管轄範圍內!?」

「沒問題的。不是號稱八百萬神明嗎？稍微加一個其他國家的神明進入應該也能接受的。」

佛教傳入的時候，八百萬神明也接受了佛祖大人，既然有這樣的實際情況，一定沒問題的。

「總覺得很隨意呢，大和。」

「本來不是基督徒卻要慶祝聖誕節這種事，本身就很隨意吧。兩件事差不多吧。」

「你這麼說我倒是無法反駁。」

大概是我被我的話說服了吧，結朱也露出苦笑。

我們就這樣聊著聊著，抵達了學校。

穿過鞋櫃區，走在走廊上時，不經意地看到一頭亞麻色的頭髮。

「喔，是亞妃。喂～亞妃，早安。」

迅速認出朋友背影的結朱，朝著那個背影喊道。

隨後，小谷轉過頭，總覺得她的表情有點抽搐。

「啊，結、結朱……還有和泉。」

仔細一看，走路的方式也跟生鏽的機器人一樣僵硬。

「怎麼了，亞妃。妳有點怪怪的。」

「稍、稍微有點……昨天，發生了各種事呢。」

「嘿……到底發生什麼事了？」

面對追問的結朱，小谷的眼神不斷游移，接著突然轉過身去。

「等、等一下跟妳說！」

一說完，她便一溜煙地爬上樓梯。

「……怎麼搞的？」

「……誰知道呢？」

我和結朱面面相覷，感到疑惑。

「喔，這不是笨蛋情侶嘛。早安～」

這時，生瀨也從鞋櫃區走來。

在恰好的時間出現了合適的人。

「誰是笨蛋情侶啊。話說生瀨，你知道小谷怎麼了嗎？」

「她看起來有點奇怪，你有什麼頭緒嗎？」

我們一問，生瀨露出一抹奇怪的壞笑。

「啊啊，亞妃那傢伙啊，終於邀請颯太去約會了。然後，成功了。」

「咦，真的？沒聽她說呢。」

結朱是覺得自己被排擠了吧，氣噗噗地鼓起臉頰。

「啊哈哈，別生氣啦。大概，是因為緊張而忘了跟妳說了吧。」

「唔……明明都跟啟吾說了。」

看來結朱還是不打算收起怒氣的樣子，生瀨慌忙地辯解。

「我呢，打算當天也跟去。」

「偷窺可是惡趣味啊，啟吾。」

「啟吾，真差勁。」

被我們冷冷盯著之後，他便瞪大眼睛。

「不、不是啦，這是以防萬一的保險。亞妃如果告白失敗總不能放著她不管吧。」

他的腦海裡，一定還殘留著第一次的失敗吧。

所以才盡快做好協助的準備。

「嘛，這點我倒是明白……」

小谷應該也是知道生瀨的行動，我也沒有理由再抱怨。

不過，若說還有一個問題的話——

「……吶，要去哪裡啊？那天，要是撞見其他熟人計畫就可能失敗吧，慎重地選擇地點比較好喔。」

結朱有些不安地提出跟我一樣的在意點。

依照小谷的個性，不可能在熟人面前公開告白才是。

因此地點的選擇就得深思熟慮了。

「沒問題。雖然我事先隱瞞，僅跟颯太說敬請期待，但我還是特意選了一般人或是情侶不常去的地方。」
「也就是說？」
生瀨自信滿滿地回答。
「『聖誕節一條龍服務』啊。之前不是跟小結朱提過了？結果，還是決定參加那個活動。」
聽到他的話，我跟結朱都停下腳步僵在原地。
好巧不巧，竟然重疊了。
「雖然是跟你們兩個無緣的活動，但要是在路上遇到的話就當作沒看到吧。對亞妃來說，第二次告白就是背水一戰呢。那我走囉。」
生瀨說完這句話後，便笑著離開。
遺留下的是，包裹在沉重氛圍中的我跟結朱。
「…………」
「…………」
由於不知道該如何阻止這一情況，我們就一直保持沉默。
「那個，好像重疊了。」

先開口的是，結朱。

我僵硬地點頭，擠出一句話。

「啊啊……這時候應該讓給他們才是對的吧。」

原本，我跟結朱就是為了讓櫻庭跟小谷的關係能夠順利進展才交往的。要是這個時候無視這點，也就等於否定了假情侶存在的意義。得避免這點。

「欸沒差，我們也不是非得參加這個活動不可嘛。參加其他的活動就好，不是什麼大問題吧。」

故作開朗般，結朱這麼說道。

「也是，今天開始找新的活動吧。」

我壓抑著內心的動搖，如此回答。

沒事的。就算活動本身被中止，『邀請她參加準備告白的活動』的事情並未消失。

所以狀況毫無改變，我還是有認真告白的正當性。

「機會難得，制定一個超豪華的約會計畫吧。期待大和的本領喔。」

「難度提高了啊，真可怕。」

為了振奮消沉的心情，我們情緒高昂地繼續對話。
但是，走廊上的其他學生們一離開之後，結朱有些認真地問道。
「吶，大和。有件事，希望你誠實回答我。」
「……什麼？」
察覺到結朱的氛圍變化，我也端正了態度。
隨後，她盯著我的眼睛問道。
「大和，是知道『聖誕節一條龍服務』的含意，才約我去的嗎？」
「────」
一瞬間，我不知該如何回答。
但是，看著直勾勾盯著我的結朱，我放棄敷衍了事。
「……不，一開始不知道。」
至少，邀請的時候我確實不知道。
不是因為鼓起了勇氣，或是下定決心才邀約的，純粹是搞錯了。
「這樣啊。」
聽到我的話，結朱露出稍微寂寞的笑容。
「聽我說，結朱。即便如此──」

——鐘聲響起。

正當我打算解釋的時候，開課前五分鐘的鐘響掩蓋我的聲音。

「哇，已經這個時間了，快點走吧。」

結朱像是被鐘聲推動般，快速走向教室。

「……嗯。」

失去時機的我，放棄在這裡繼續解釋，追在她身後。

……即使現在解釋明白了，也像是慌忙之下編織的藉口吧。

再等等，等雙方都冷靜下來的時候再做打算吧。

午休。

「結朱，想跟妳聊一下，可以嗎？」

鐘響還未結束，我就來到結朱的座位旁，想製造一些獨處時間。

「啊，抱歉。今天跟亞妃說好要一起吃午餐，晚點見囉。」

露出一副一如既往的笑容，結朱迴避了我的邀請。

今天一整天，趁著休息時間不斷向她搭話，卻總是被各種理由婉拒了。

「……怎麼樣都不行嗎？」

平常的話我就會退卻，今天卻一反常態相當執著。

結朱也對此略感震驚，但很快就換上一看就知道的假笑，搖搖頭。

「嗯，你想嘛，她似乎想討論聖誕節的事情。為了**我們的目的**，不能不管吧？」

我們的目的（偽裝情侶），啊。

她搬出這樣一句話，我就沒辦法硬逼她了。

「……我知道了。但是，還是希望妳能好好空出時間，我也有想說的話。」

「嗯，一定會的——等我們，都冷靜下來後。」

留下這麼一句話後，結朱離開教室。

還不是，能夠好好溝通的狀態。

她似乎也是如此判斷自己。

「……不，雙方，嗎？」

她應該也看穿我的動搖吧。

嘆了一口氣後，我注意到教室裡匯聚而來的視線。

光是和教室中心人物的結朱談話，就會引起注目。

感覺到不太舒服的我，逃也似地離開教室。

那麼，午休時間，該在哪邊打發時間呢。

「文藝社社辦……不行，要是遇上結朱的話就麻煩了。去體育館走走好了。」

我忽然想起一個人煙稀少的的場所，為此我走下樓梯。

穿過一樓的走廊，我來到體育館前。

「……嗯，門開著啊。」

體育館的門，開了一道縫。

似乎是之前使用體育館的人忘了關。

「外面這麼冷，正好啊。」

我喃喃一句後，進入體育館中。

果然是忘了關吧，體育館內沒有任何人。

然後有一顆籃球，正放在球場上。

「真沒規矩啊……會被顧問罵的喔。」

我撿起籃球，站在三分線上。

瞄準籃框後，隨即起跳。

動用全身的力量和手腕的撥動，投出籃球。

籃球滑過一道拋物線向前飛去，響起一聲清脆的聲音穿過籃框。

「呼……」

我吐出一口氣，放鬆注意力。

同時，背後傳來不知道是誰的拍手聲。

我回頭一看，原來是櫻庭。

「好球，一如既往地漂亮投籃呢，和泉。」

「……櫻庭，不收拾好就這麼把球放著的違規者是你啊。」

「啊哈哈，我只是去換著籃球鞋而已。比起這個，難得你來了就陪我練習吧。我也想提高三分球的準度。」

櫻庭這樣請求後，我稍微思考後點點頭。

「欸，撿撿球還行啦。」

畢竟現在心情焦慮，適當地動動身體也能分散焦慮感吧。

將籃球傳給他後，我向籃球架走去。

「謝啦。」

接下籃球的櫻庭，站在三分線上擺好姿勢。

隨後，用蓄力的姿勢丟出了籃球。

但，球卻不順他的意，被籃框彈飛。

「哎呀，沒進。」

「你太依賴上半身的力量呢。膝蓋再彎一點比較好。」

「明白。」

隨後，他聽從我的建議，櫻庭修正了姿勢。

接著，第二次拋出的球順利進框。

「好球。」

我一邊誇獎著，一邊接住球，傳給櫻庭。

「喔喔，這樣投籃比較輕鬆呢。和泉，很會教人嘛。」

「那當然，有我這樣的交流能力是理所當然的。」

「啊哈哈，虧你說得出口？」

一邊閒聊著，我一邊協助櫻庭練習投籃。

期間，他突然嘟囔道。

「……聖誕節啊，亞妃約我出去。」

「這樣啊。」

輕輕點頭後，櫻庭略感震驚，露出苦笑。

「和泉，已經知道了啊？」

「嗯，今天早上剛知道。」

也因此，我的計畫大亂。

「大概，我啊，會被告白吧。」

櫻庭用平穩的語氣喃喃說著，並投出一球。

唰的一聲，籃球穿過籃框。

「……你察覺到了啊。」

我抓住從籃框落下的籃球，感到震驚。

根據生瀨所說，櫻庭應該不知道參加的是『聖誕節一條龍服務』才對。

「欸……看氣氛就明白了。亞妃很好懂的。」

櫻庭一邊回答，一邊抬手示意我傳球過去。

我傳球給他後，對話繼續。

「……你會接受嗎？」

詢問核心問題後，打算投籃的櫻庭停下了動作。

「……天曉得。我是覺得接受比較好吧。」

回答後，他拋出籃球。

但，可能是因為心煩意亂，籃球被籃框排斥彈飛。

「接受比較好是什麼意思？」

我放棄接球的任務，直勾勾看著櫻庭。

接著，他像是要逃避我的視線般，自己撿起球。

「……就是字面上的意思。之前被告白，拒絕之後，我們就分崩離析了。如果又拒絕的話，只會重蹈覆轍吧。」

「所以才說接受比較好啊？」

「嗯。」

他運著球，並點點頭。

「……就當我多嘴，但你對小谷一點感覺都沒有嗎？」

聽到我這句話，他像是要確認內心般地閉上眼睛。

接著，緩緩回答。

「……倒也不是。我覺得她很可愛，也有很多優點。最重要的是，都發生了那些事還願意喜歡我，我很開心。但是，到底喜歡她到哪種程度，我無法判斷。」

對她的好感，以及守護團體的義務感。

因為兩個是朝著同一個方向前進的，混雜在一起讓他難以分辨吧。

「在這種狀況下面對亞妃，給出答案真的好嗎？我不知道。」

面對她對自己的好感，櫻庭應該是個想誠實回答的男人吧。

也因為如此，之前跟小谷說自己喜歡結朱的事情，導致團體陷入混亂中。

然後，他正為此感到煩惱。

「……櫻庭你啊，看起來是個完美超人，意外地很笨拙呢。」

大概是把我的話當成玩笑，櫻庭皺了皺眉頭。

「我如果是完美超人的話，就不會被和泉欺騙跟幫助了。」

「欸，確實。」

「和泉……一開始，你跟結朱騙我們在交往吧。果然，很痛苦吧？」

似乎是想當成參考，櫻庭提出了這種詢問。

以這句話為契機，我回想了至今為止，數個月的時光。

「不……很開心呢。真的，對我來說算抬舉的。所以我覺得從偽裝關係開始還不壞。」

有爭吵的時候，也有情投意合的時候。

一起經歷過各式各樣的日常，感覺自己跟她的距離越來越近。

「只是，也不能一直處於偽裝關係。總有一天，得面對自己的內心情感。最終，或許只是歹戲拖棚吧。」

沒什麼比繼續欺騙自己更難的事情了。

就像現在的我，因為意想不到的機會，內心開始悸動。

「歹戲拖棚、啊。過來人的話還真是一針見血。」

櫻庭反覆咀嚼我的話語。

雖然他不是完美超人，但這傢伙比我更懂得做人。

我能對他說的，只剩一句話了。

「就算不是完美超人，你是個好人喔。所以，才會有人幫你。就算再次分崩離析，也會有人來幫你維繫關係的。你就多相信他們一點吧？」

聽到我的話，櫻庭瞪大雙眼僵在原地。

隨後，像是放鬆般地露出笑容。

「……啊，是啊。我並不需要一個人背負。」

「當然，生瀬已經先來跟我討論過了……結朱也想助你一臂之力。」

我知道結朱還對於那時候逃之夭夭的事情感到懊悔。

差點被他們拋下的失落，比之前關係更加僵硬一些的寂寞，在她身旁的我非常能感受到。

如果，再次分崩離析的話，結朱一定不會逃跑的……而我，想應援她的這份心情。

所以，他們一定沒問題的。

「謝謝你，和泉。感覺放鬆下來了。託你的福，我應該能不再胡思亂想平靜迎接那一天了。」

邊道謝邊投出籃球，畫過一道至今為止最漂亮的拋物線，穿過籃框。

「那就好。」

老實說，我現在不是擔心別人的時候。

「我也得……釐清很多事情才行。」

是櫻庭說出了自己想法的原因嗎？

我也感覺飄浮不定的心情平靜許多。

我的想法不會改變，該說的話也一樣。

事到如今再焦急也於事無補。

接下來就是等結朱做好心理準備。

接著，放學後。

今天的結朱並沒有前往文藝社社辦，而是來到繁華街的服裝店。身旁的對象，也不是大和。

「結朱，這件怎麼樣？」

亞妃拉開試衣間的門簾，走了出來。

白色針織毛衣搭配黑色長裙，是她平常不會穿的款式。

看到她挑的款式，結朱笑著點頭。

「嗯，我覺得不錯喔。只是平安夜那天會很冷，再加一件外套會比較好。看著就覺得冷的話，颯太也不會開心吧。」

今天結朱的任務，是幫亞妃搭配平安夜約會時的穿著。

雖然跟大和分別行動有點遺憾，但這也是為了應援朋友。

而且……稍微，想要一點整理心情的時間也是事實。

「這件不錯吧？」

結朱拿起自己注意到的銀灰色大衣。

「唔……果然太暗了吧？但如果有其他顏色的話應該可以。」

在腦中思考服裝搭配的結朱，突然想到一件很重要的事情。

「亞妃，順便問一下。」

「什麼？」

看著疑惑的亞妃，結朱不由得眼神游移。

「不是……就是啊。」

雖然是不得不確定的事情，但確實有點難以說出口……不過也不能沉默不語。

「怎麼了？結朱。」

面對向自己搭話又猶豫不決的結朱，亞妃投以訝異的目光。

接著，結朱下定決心。

「那個…………內衣，不挑好沒關係嗎？」

「什麼？」

面對下定決心說出口的結朱，亞妃似乎不明白話中的含意，發出呆愣的聲音。

「內衣，現在應該沒什麼……關係……」

但，亞妃說到一半便停了下來。

接著，像是明白結朱到底在問什麼，她的臉越來越紅。

「在、在想什麼呢！不、不需要做那種準備啦！」

「是、是沒錯啦……但妳想，颯太也是男人嘛。」

對於結朱來說，提出這種話題也實在有點羞恥。

但是，為了朋友還是忍住羞恥說出口。

「嗚……」

亞妃小聲呻吟僵立當場。

「……等一下再考慮吧。以防萬一。」

「那樣的話最好，以防萬一。」

兩人的意見在此瞬間達到一致。

但是，繼續討論這個話題就尷尬了。

「那麼，先不管那個，總之先選普通的洋裝吧。」

結朱轉換話題後，亞妃也點頭。

「就這麼辦吧。啊，這件如何？」

結朱盯著亞妃拿在手上的大衣。

「嗯～有點過於長版呢……不過亞妃的話可能很適合喔。」

看著喃喃細語思考著搭配的結朱，亞妃輕聲嘟囔。

「話說回來，總感覺好久沒這樣了呢。」

「什麼？」

結朱從盯著衣服改為抬起頭來，眼前的友人像是鬆了口氣般地回以笑容。

「像這樣，和結朱兩個人一起來買衣服啊。」

聽著亞妃若無其事的話語，結朱有點動搖。

「是……呢。的確很久了。」

具體來說的話——是從十月，颯太跟亞妃的第一次約會之後。

那個時候也是結朱跟亞妃一起去買衣服，準備約會。

接著，從告白失敗之後，她們就不經意逃避兩人一起去買衣服。

因此今天亞妃能像這樣來邀請她，讓她訝異，而特地提到這種事更是讓她震驚。

「最近，我一直跟大和在一起呢。看來讓亞妃感到寂寞了。」

不過，像是逃避這個事實般，結朱給了不同的理由。

「真的呢。一有男友就跟他黏在一起了，都覺得女生的友情是幻影了。」

順著結朱的藉口，亞妃也用玩笑般的口吻調侃道。

「啊哈哈，看來我可能是比想像中為愛而生的女生呢。」

想著脫離了危險話題，結朱鬆了一口氣。

「……是啊。如果妳真的是那樣的女生，我們雙方可能會更輕鬆一點。對不起喔，結朱。」

面對這樣的結朱，亞妃略顯寂寞地笑著道歉。

「不知道妳為什麼突然跟我道歉，怎麼了？」

疑惑地詢問後，亞妃低著頭擠出話語。

「……老實說，我還是很害怕。被颯太甩掉的事情也好，對大家可能分崩離析的事情也罷；就算是現在，也無法說會能夠回到過往。」

「…………」

對於亞妃吐露的情感，結朱什麼都沒說。

四人之間確實還存在著，看不見的牆壁。

就如同，結朱在避免跟亞妃兩人一起買衣服一樣。

就如同，颯太在被結朱甩了之後，裝作沒事般露出笑容。

就如同，啟吾為了盡可能不讓同伴們兩人單獨相處而四處奔走。

無法跨過的那條線，確實存在。

「之前那次和泉想辦法幫我們解決了。但是……如果再次被颯太拒絕了，他再次說自己喜歡結朱的話，我跟妳，還能像現在這樣相處嗎？」

「那個……」

對結朱來說——她無言以對。

那個時候，從眾人身邊逃離的自己又能說些什麼呢。

亞妃或許恨著自己吧。自己不在的話，事情應該會順利一點。

害怕面對這些，而逃之夭夭的自己。

亞妃緊緊握住了這樣的結朱的手。

「但是呢，結朱，即使如此我還是想向前邁進喔。所以對不起。」

隨後，亞妃用著毅然決然的表情說出這股覺悟。

握著結朱的手冰冷且顫抖。

心中的矛盾肯定還沒有消除吧。

儘管如此，她還是選擇前進。

「看來，我可能也是比想像中為愛而生的女生呢。」

或許是對自己感到訝異吧，亞妃露出淡淡的苦笑。

看著她，結朱覺得自己快要哭了。

那個時候，肯定受傷最重的亞妃都要向前邁進了。

自己卻仍閉口不語。這樣下去不就跟當初沒兩樣。

那樣，只會否定她的期望罷了。

「……沒問題的喔，亞妃。這次沒事的。我也不會逃跑的。」

她回握住亞妃的手，盡可能露出微笑地回答。

「我也會，向前邁進。這次不會逃跑的。平安夜那天，我跟啟吾兩人會一起守護你們的。」

就算告白不順利，自己也會最先跑向亞妃。

為了告訴她，這點小事不會讓他們的關係分崩離析的。

結朱下定決心發誓後，亞妃一臉震驚。

「不過，結朱跟和泉……」

這樣一說，結朱的內心只動搖了一瞬間。

雖然約好一起度過平安夜，還被他邀約去『聖誕節一條龍服務』。

——不過，那只是誤會一場。沒有任何意義的邀約。

結朱跟大和，只不過是一對假情侶。

為了讓颯太跟亞妃能夠順利進展而出現的角色。

「沒問題的。剛好我們的約會得重新擬定。大和也會理解的。」

露出故作開朗的聲音，結朱將眷戀一口氣吹飛。

——抱歉喔，大和。

『你說有事情想當面跟我說，現在可以嗎？』

結朱傳來那樣的訊息是在晚上七點多的時候。

因為她說放學後要跟小谷一起去買東西，沒時間跟我談話，但現在這個訊息對我來說可是雪中送炭。

回傳了『我知道了，現在去妳家。』的訊息後，我穿上外套。

離開家裡，騎著腳踏車行駛在夜晚的街道上，我思考著對話內容。

「……該怎麼解開誤會才好？」

為了避免切入點錯誤，我在腦中模擬了好幾遍。

但是，焦躁的心情使我加快了速度，比想像中更快抵達目的地。

已經相當熟悉的公寓。

我看到入口的臺階上，坐著一名少女。

「結朱。」

停好腳踏車呼喊她後，她站了起來，走向我。

「不好意思喔，這種時候還要你出門。」

面對結朱意外平靜的表情，我有些沮喪。

「不……我也想見妳。」

原本以為我們會因為早上的事情鬧僵，但結朱卻是一抹吹飛全部煩惱的放鬆氛圍。

應該是跟小谷一起玩之後，心情變好了吧。

「這樣啊，那就好。」

接著，對話中斷。

「吶，有話想說是指？」

難以承受沉重氛圍的我切入正題後，結朱點個頭後開口道。

「嗯，我有非得跟你道歉的事情才行。」

「……怎麼了？」

有些不好的預感，我反射性地做好心理準備。

結朱對這樣的我低下頭。

「對不起，大和。平安夜那天，我不能跟你一起過了。」

「…………」

因為我做好心理準備了吧，並沒有發出聲音。

儘管如此，心慌意亂的我還是在數秒後才得以開口。

「能說一下理由嗎？」

好不容易擠出的話語沒有顫抖，我鬆了口氣。

面對這樣的我，結朱用隱藏情感的眼神看著我。

「因為亞妃的重要大事……我想陪在她身邊。」

——變成這樣了啊。

最初浮現在我腦海中的感想便是這句。

超出預想，但不意外。

我很明白，結朱一直很後悔之前逃跑的事情。

這樣的她，這次不會再逃跑了。

我沒有妨礙她的理由。

「明白了，那就沒辦法了。」

我用理性扼殺情感點頭後，結朱立刻露出抱歉的表情。

「……真的很抱歉。突然說出這種話。」

「沒事，這是我們的任務吧。」

我硬露出一抹笑容。

我想要支持結朱的心情，不是謊言，也不會是謊言。

所以……這時候我不能挽留她。

「欸，我也會用自己的方式快樂度過的。好幾款聖誕節商戰的遊戲新作我都很在意呢。」

逞強忍耐著，為了讓她安心，我說出了這種空虛的話。

「……嗯，謝謝。」

對此，結朱靜靜地點點頭。

沉默。

話題已經結束。我想解開的誤會……如今也沒必要了。

「那，學校見了。」

「嗯，明天見。」

道別後，我轉身走向腳踏車。

——抱住。

突然，結朱從背後抱住我。

「…………你會過得快樂嗎？就算我不在？」

「結朱……」

對於她宛若鬧彆扭的提問，我不知道該如何回答。
找不到適合的詞語回答而僵直了數秒後，結朱默默地放開我。
一回頭，看到她帶點寂寞的笑容。
「對不起，說了奇怪的話呢。明明是你配合我的任性。」
說完，她笑著走回公寓。
「那，這次真的要回去囉，明天見。」
結朱離去。
目送她離去，我深深嘆了口氣。
只有一點，活動計畫泡湯而已。
而且，絕不是壞的中止。是結朱向前邁進、正面意義的中止。
「明明是這樣，為什麼……」
我的心情像是失去了很重要的東西。

四章 還以為是更加閃閃發亮的美好事物呢

平安夜這天終於到來。

對我來說跟往年一樣，這天只是單純的遊戲發售日。

「……結果，還是沒下雪啊。」

時間是晚上六點半。

逛了逛眾多的遊戲新作，買了些試玩時中意的遊戲，準備度過今天的我，在人潮擁擠的街道上漫步著，抬頭仰望著烏雲密布的天空。

雖然白色聖誕節告白企劃告吹了，但現在這樣也沒什麼好不滿足的，真是太好了。

「欸，都是好事呢。」

畢竟，小谷能再次告白，結朱也能從過去的後悔中解脫。

一想到我們成為假情侶關係，是為了讓那個團體能夠順利運轉而誕生的，這可以說是願望達成了。

嗯，仔細想想的話都是好事呢，我也有能悠哉悠哉遊玩的時間。

「……好！今天通宵玩買下的遊戲吧！」

對於自己把中意的遊戲全部買下來的事實漸漸讓我興奮起來，我走向家裡的速度也越來越快。

這時。

「咦，大和？」

不經意間，我被耳熟的聲音叫住。

回過頭去，出現在眼前的是一個女生團體。

其中一人，舉起手揮舞著。

「……日菜啊。」

我停下腳步後，日菜跟夥伴說一聲後便向我走來。

「真巧呢，大和。」

「喔，女子籃球社的暴肥之旅如何呢？」

「是美食之旅！那是什麼讓人不愉快的旅行名字。」

雖然想著不是同一件事嗎？但看到日菜鼓起臉頰表達不滿，我放棄追擊，沉默是金。

「不過，還真的在平安夜這天遇到呢。看來你正準備去約會呢，太好了。接下來你要跟七峰同學會合嗎？」

「啊，嗯，就是這樣。」

面對日菜若無其事的詢問，我瞬間啞口無言。

但，因為我的態度很奇怪，日菜瞇起眼。

「……真的？」

日菜用宛若檢察官的銳利眼神追問。

儘管是問句，但我的謊言確實已經暴露了。

「……發生了一些事啦。」

委婉地承認後，日菜嘆了口氣，露出溫柔的表情。

「大和不想說的話就算了……但我可以聽你說喔？」

現在的我還沒有強大到可以推開這份溫柔。

「……拜託保密。」

我一點一點地，跟日菜說明小谷他們的事情。

「今天，小谷要跟櫻庭告白。」

「難道說，是『聖誕節一條龍服務』嗎？」

聽到日菜的話，我點點頭。

「是啊，但是，小谷那傢伙，之前已經告白失敗一次了。那時，他們的團體分崩離析……結朱逃之夭夭。她一直對此感到後悔，這次打算彌補吧。」

「所以這次為了彌補，選擇去那邊？」

「是啊。」

日菜粗略了解前因後果，靜靜地思考一會兒後說出。

「大和也就這樣老實同意了？就因為七峰同學以朋友為優先，讓聖誕節的計畫泡湯了？」

「是啊，我也沒理由阻止吧。」

聽到我的回答，日菜的眉頭突然抽動一下。

「我還以為你會阻止七峰同學。」

「……是嗎？雖然她對我也是挺抱歉的，但還是判斷如果這次又逃跑的話會後悔的。我也是這麼想的。沒有比這個更為優先的目的吧。」

聽到我的回答，日菜緩緩地閉上眼。

「……理由啊，目的啊，根本不需要吧。」

隨後，低喃道。
面對不明白她話中含意的我，日菜張開眼直勾勾地看著我。
「吶，大和跟七峰同學真的在交往嗎？實際上全是騙人的吧？」
「────」
隱瞞的事情突然暴露，我渾身僵直。
從我的反應得到確定吧，日菜撇開視線嘆了口氣。
「果然啊。」
停止運轉的思考，此時再次啟動。
「……為什麼妳會知道啊。」
面對動搖的我的詢問，她眺望著遠方的人群回答。
「因為大和在尋找能跟七峰同學在一起的理由啊，好像沒理由就不能跟她在一起。」
日菜的話，捕捉到連我自己都沒注意到的內心。
『我也沒理由阻止吧。』

『沒有比這個更為優先的目的吧。』

『她明明有男友卻不一起度過聖誕節而被懷疑。』

『為了現充組順利進展而交往。』

沒錯。打從一開始，這個理由就一直擺在我們面前。

不得不在一起的理由。有這樣的理由就能在一起，這樣的前提。

「我也有過呢，跟大和關係變淡的時候，也考慮過同樣的事喔。有沒有可以搭話的理由，有沒有能夠一起做的事情之類的……這種感覺。但是當我能挺起胸膛說自己是朋友的時候，根本不需要這種理由就能搭話呢。」

日菜寂寞地低喃著。

「戀人跟朋友可能不太一樣呢……但尋找理由這點，不禁讓我察覺你們是假情侶呢。到底發生什麼事才會變成這樣呢，我完全無法理解就是了。」

「這樣啊……啊，是呢。」

我只能點頭，咀嚼著刺痛內心的話語。

「要是真情侶的話就不需要理由了。單純因為想在一起就待在一起了。沒有理由就不能在一起的話，那就是假情侶。」

這時，她再次看向我的臉。

「所以，我以為你會想要阻止七峰同學喔。對大和來說不需要理由。或許，她最後還是會以朋友為優先……即使如此。」

如果沒有理由就無法做成什麼事，就跟沒有念想是一樣的。

結朱一定也覺得寂寞，日菜如此說著。

「大和打算怎麼做呢？沒有能跟七峰同學在一起的理由。正當性、必要性，以及義務都沒有。那麼現在的大和，到底打算跟七峰同學怎麼樣呢？」

我靜靜地，在自己的心中尋找答案。

但是，沒有這個必要了。

答案一直都在那裡，我要做的只是強行揭開罷了。

「我——」

「停下，我覺得接下來的話不該對我說，而是該對七峰同學說喔。」

日菜舉起手制止我準備說出口的話。

雖然對此感到震驚，我還是苦笑著點頭。

「……啊，我會這麼做的。」

「嗯，加油。」

她應援道，我轉過身，走向車站。

坐上駛入月臺的電車，懷著焦躁的心情朝著旁邊的車站走去。

期間，我回憶著自己跟結朱度過的時光。

——回想起來，最大的失敗是文化祭的時候。

那個時候，我們再次開始了已經結束的假情侶關係。

明明是個可以結束先前的關係，重新開始的好機會。

結果，我還是敗給了那種不安定感。

我們無論在價值觀上，還是生活方式都相差過大，除了假情侶關係外沒有任何交集。

當這一點都被剝奪的時候，就不知道該怎麼辦才好了。

於是再次撿起本該結束的關係，用這種關係將我們束縛起來。

「……我們真是膽小鬼啊。」

不禁自嘲起來。

這次，一定要將其導正。

『感謝您的搭乘。即將抵達——』

司機員的廣播響起的同時，電車開始減速。

門一打開我就迅速跑出車廂，穿過剪票口後奔向街道。

閃爍著藍色光芒的燈飾，以及遮蓋著燈光的人群。

人潮比想像中多，邊走邊找感覺挺困難的。

我拿出手機，打給結朱。

話雖如此，她會接也挺奇怪的。

『……喂。』

和我料想的不同，在幾次響鈴後，結朱接通了電話。

「喂，我是大和。我現在也在『聖誕節一條龍服務』會場。」

這樣跟她說後，電話那頭傳來倒吸一口氣的緊張氛圍。

「我現在想見妳。」

毫無顧慮、直球地向她提出要求。

結朱大概有些動搖，但還是靜靜地回答。

『……不會見你喔。已經決定今天不跟你見面了。我選了這邊——大和也是這麼對我說的吧。』

儘管通著電話，我的視線還是在擁擠的人潮中尋找她的身影。

「……是啊。但，我改變主意了。」

平時的話一定找不到。

但是——注意到視線的一角，有著一抹鮮豔的橘色。

視線被吸引般地轉移過去。

『要任性呢，那種話。』

百米外的道路上，有一位戴著橘色圍巾的少女。

即使隔著這樣的距離，我也知道自己跟對方四目相接。

「互相啦。最開始約妳的人是我吧。」

聽到我的話，遠處的她低下頭。

『……是啊，雙方都很任性呢。不過，那樣的話我就隨自己的意願了，不會跟大和見面的。』

充滿堅決與強烈意志的話語。

對此，我也點了點頭。

「我知道了。那麼，我也順自己的意願，去找妳。」

『…………太遲了，笨蛋。』

留下帶點顫抖的話語後，電話被掛斷了。

同時，剛好有輛卡車從結朱前方的橫向駛過。

車輛經過之後，已經看不到她的身影。

「……不遲呢。什麼都還沒開始呢。」

我獨自一人，低喃著無法傳達到的話語。

一直都是假扮情侶，根本什麼都還沒開始。

——所以還未結束。我們的戀人角色扮演。

和眾多人潮混雜在一起的吵雜中，只有一位是我必須尋找的對象。

「絕對會抓到妳。」

我關掉手機，衝進人潮擁擠的街道。

就算消失在視野中，肯定還沒走遠。

我穿梭在人群的隙縫中，來到她剛才所在的位置。

但，並沒有結朱的身影。

就算環顧四周，也沒能捕捉到那條橘色圍巾。

「……之前小谷告白的時候也好，文化祭的時候也罷，真是喜歡隱藏自己身影的傢伙啊。」

平時都是令人煩躁的積極，就算我不叫她也會待在我身邊，重要的時候反而不在身旁。

這似乎就是名為結朱的女人會做的事情。

「我真是喜歡上了麻煩的女人啊。」

低喃後，我向前邁出一步。

同時，腦袋開始全面運轉。

既然對方在躲我，正面進攻追上她就不可行。

必須預判對手的行動。

這樣一來，首要的目標只有一個。

我環顧周圍，搜索目標人物。

——有了。

「真漂亮啊，聖誕節的燈飾。亞妃，妳會冷嗎？」

「不、不會喔。」

是櫻庭跟小谷。

今天的主角，正漫步在大道上。

應該是被燈飾吸引注意力的吧，沒有察覺到我。

「……果然。負責守望的結朱都在這裡，他們肯定會在附近。」

對於自己判斷正確一事感到安心，我再次環顧四周。

但很遺憾，我要找的目標不是他們。

應該還有一個人在這裡才對。

「……找到了。」

距離不遠處的小巷陰暗處，我發現一個尾隨著他們的可疑身影。

生瀨啟吾。

今天這場計畫的主謀以及煽動者。

既然是擬定這項計畫的他，應該知道結朱的行動，掌握全部的計畫吧。

我在紛亂的人群中隱藏氣息，迂迴前往小巷，靠近他的背後。

「喂，生瀨。」

「唔喔。」

我拍拍他的肩向他搭話後，生瀨驚呼一聲跳了起來。

接著，一轉過頭來便瞪大雙眼。

「和、和泉？你為什麼在這裡？」

「太吵的話會被發現喔。」

為了讓生瀨冷靜下來，我提醒一聲，他便像是驚醒般地屏住呼吸，看向小谷他們。

確定他們沒有察覺後鬆了口氣，再次看向我。

「……為什麼你會在這裡啊，和泉。」

他再次詢問同樣的問題。

「這還用問，你想一下就知道了吧？」

我反問後，生瀨沉默了。

不知道他知道多少。

但，竟然結朱都來這邊了，生瀨應該能夠明白我們之間發生了什麼狀況。

「……雖然不知道詳細，多少能猜到一點。」

「那就好溝通了。你知道結朱在哪裡嗎？」

聽到我的問題，生瀨的表情突然一驚。

「……天曉得。這個我不能說。」

也就是說，他知道吧。跟我想的一樣。

「被結朱要求保密啊。」

「那個，我也不能說。」

生瀨暗示了YES。

欸，我要是站在結朱的立場上，也會最先去要他保密，這次當然的。

讓他開口的方法……有是有一個，但我不想用這招啊。

看著煩惱著該怎麼做才好的我，生瀨有些擔心地詢問道。

「吶……和泉，你跟小結朱吵架了嗎？」

大概是難以壓抑心中的疑問，生瀨開口更進一步地詢問。

對此，我無力地搖頭。

「不……連架都沒吵喔。明明真該吵架一次才對。」

平時在瑣事上總是爭吵不休，一到關鍵時刻卻吵不起來。

明明該制止她去小谷那邊的。

「這樣啊。我多少能明白一點。」

雖然我說得不得要領，但生瀨還是頗有共鳴地點著頭。

突然，我想起這幾個月的經歷。

沒有表達出真正情感，因此也沒有發生爭吵的他們。

比我更早一步遇到相同問題的他，肯定有點感觸吧。

「但是……我對結朱有義務在。所以抱歉，不能幫上和泉。」

充滿強烈決心的話語。

對於生瀨來說，最優先的還是他們的團體能夠順利進展。

現在，不能引起額外的麻煩也是理所當然的。

「這樣啊。造成你麻煩了呢。」

我也放棄繼續追問，轉身準備離開。

「不威脅我嗎？」

身後，傳來生瀨的詢問。

我停下腳步，看向他。

「不說的話我就是妨礙亞妃的告白——你這樣說的話，我也不得不開口。」

生瀨的表情充滿著難以言喻的苦澀。

對此，我聳聳肩。

「我還真沒想到這麼惡毒的方法呢。」

「騙人，和泉明明很擅長吧？」

對於我的掩飾，生瀨迅速否定。

……欸，老實說，我最先想到可以讓他開口的方法就是這個。

「……我很清楚你們至今為止的努力，不可能這麼做吧。」

這些傢伙是多麼痛苦地走到今天，我相當明白。

即使有著看不見的牆壁，為了破壞它，他們是多麼拚命，我非常清楚。

「而且，我從現在開始也得喜歡上自己才行。不想做這種事變成討人厭的傢伙呢。」

所以我不會使用這個手段。

要是做了這種事，自己似乎會失去說喜歡結朱的資格。

「自己都這麼辛苦了……真是濫好人啊，和泉。」

生瀨露出驚愕的表情。

我不禁苦笑起來。

「……是啊。雖然我不該喜歡這樣的自己才對。」

然後，為了不討厭自己，我又再次變成濫好人了。

要問自己為什麼會變成這樣的話，答案顯而易見。

「欸，因為喜歡上濫好人的女人吧？」

一定是這個原因。

因為在我看來，讓自己身陷濫好人的麻煩中，最後又自己吃虧卻仍為此努力的結朱，真的非常耀眼。

本應該討厭的自己，也稍微喜歡起來了。

「即使如此……抱歉，還是不能跟你說小結朱的去向。」

生瀨一臉困擾。

最終，他的意志似乎還是不會改變吧。

「但是，我可以跟你說會在哪邊告白。」

聽到他的話，我雙目圓瞪。

「生瀨……」

結朱是來守護小谷的告白。

所以，只要知道小谷的告白場所，就能知道結朱的所在位置。

「可以嗎？」

「嗯，這一點她倒是沒要我保密。而且……」

隨後，生瀨無力地笑了。

「之前我也說了，我覺得對於小結朱來說，和泉果然是必要的。」

「感激不盡。」

深深道謝後，我也端正了態度，準備認真傾聽。

「亞妃的告白場所是在噴水廣場前。現在開始三十分鐘後，噴水廣場會點燈。那個時間點，亞妃會向颯太告白。然後如果順利的話，兩個人就會坐電車回家，這是我們的計畫。」

也就是說，那個時候結朱一定會待在噴水廣場附近。

「……知道了，下次給你回禮。」

「別在意，回禮應該是給朋友的吧。」

生瀨用開玩笑的眼神看著我。

意識到他是在說之前我說過的『剛好被分配到同一班度過八個月的人』這件事，我露出苦笑。

「好，這次我就當作是這樣囉。」

如此回答後，我跑出小巷。

噴水廣場離這裡百米外。

話雖如此，在人群中移動很花費時間。

尤其是要從中找出躲起來的結朱，三十分鐘不知道夠不夠。

這個時候。

「對了，可不能被那兩個人發現……」

我的視線再次看向小谷跟櫻庭走向噴水廣場的背影。

要是被那兩個人發現，就對不起幫助我的生瀨了。

確認周圍的環境後，發現再往前走一些就有個臺階。

「好像可以從那邊繞過去。」

問題是走到那邊之前能不被發現嗎？拜託了可別這時候給我回頭。

儘管如此祈禱……神明似乎討厭我的樣子。或許是有什麼在意的事情，櫻庭突然轉過頭來。

「糟糕……！」

同一時刻，我急忙跳下階梯。

——但，該說是急急忙忙，還是運氣用盡呢。

我沒注意到腳下情況，只感覺自己踩到的不是樓梯，而是一個奇怪的東西。是個與夜色混雜在一起，透明的塑膠瓶。

接著全身被一股輕飄飄的飄浮感包裹。

『只是聖誕節時期去清潔街道總覺得勞心勞力啊——』

一瞬間，腦中想起跟日菜的對話。

這一回想消失後，我迅速從樓梯滾落下去。

藏在暗處的結朱，不斷靜靜地重複著深呼吸。

雙手握著剛剛結束通話的手機，心臟則怦怦作響。

瞥了一眼大道後，她看到大和站在自己剛才所在的位置，他正四處張望。

不久後，像是明白此路不通，他又走往別的場所。

「他來找我了……」

她低喃著，回想剛才的對話。

老實說真的很開心，很想馬上前往大和的身邊。

「但是……」

——要背叛嗎？

內心，有另一個自己低喃著。

之前也是在最重要的時候逃跑了，這次又要逃跑嗎？

至今為止一直假扮情侶來欺騙自己的朋友們。

這一切究竟是為了什麼？

毫無疑問，是為了朋友。

但是，如果在這種最重要的時刻逃跑，不就一切都是謊言？

「……所以，我不會跟大和見面的。」

訴說著這些，將決心告訴自己。

不會見他。今天不會跟大和見面。已經決定好了。

但是——如果，就這樣不見面的話。

自己跟大和之後會變成怎樣呢？

明天，還能一如既往地聊天嗎？

或許再也回不到以往的關係了，他可能會離開自己，再也回不到以往的那些時光。

「…………！」

胸口突然一陣刺痛。

不想認同那樣的未來。不想接受那樣的未來。

但是──我不能逃離這裡。

「小結朱？怎麼了？」

大概是因為結朱的臉色很不好，她身旁的啟吾擔心地詢問。

「啊……不，沒事。」

結朱擺出僵硬的微笑，敷衍道。

「那就好……」

啟吾也察覺那句話是謊言，但他不會在這種關鍵時刻追問。

接受他的好意，結朱提出了一個請求。

「啟吾，大和來這裡了。」

這麼說道後，他露出稍微震驚的表情。

「……他不是來接小結朱的嗎？這裡我一個人也可以，妳去見他吧？」

面對這個極具誘惑力的提議，結朱的內心一瞬間動搖。

不過，她還是咬著牙搖頭。

「不，我不會和他見面。比起那個，大和應該會來找啟吾，詢問我的去向。所以，希望你幫我遮掩過去。」

面對這樣的請求，他稍微猶豫。

「……這樣好嗎？難得他來找妳。」

「嗯，我已經決定了。」

她說謊了。老實說她現在還是相當猶豫。

雖然自己如此請求，內心卻祈禱他能夠拒絕自己。

腦中一片混亂，自己都無法分辨內心到底期望哪邊。

「……我知道了。小結朱既然這麼決定了，我會尊重妳的。」

但是，啟吾和結朱的心情相反，答應下來。

胸口一緊，呼吸變得急促。

壓抑著這樣的情感，結朱露出笑容。

「……謝謝。」

「沒事的，這種小事。不過，和泉腦袋也很不錯喔。我不保證自己能夠順利遮掩過去。」

他這樣說道後，結朱也思考了起來。

大和臨機應變的能力，待在他身旁的自己是最了解的，確實不可小看。

「那樣的話，你就假裝背叛我，告訴他亞妃告白的地點。那樣的話應該有點效果。我們在別的地方等待，用電話確認告白的結果吧。」

即使千頭萬緒混亂不已，腦袋還是順利運轉。

總是把真心話跟場面話分開使用，是常用的生存技能。

雖然一直覺得很好，現在卻覺得如果沒有這些技能的話，應該能夠更坦率地活著。

「小結朱……再次確認，那樣真的好嗎？」

應該是看到她猶豫的神情吧，啟吾有點擔心地詢問結朱。

「嗯，不能看到亞妃告白的場景很可惜就是了。」

她毫不猶豫地回答。

仔細思考的話，可能就會得出不好的答案了。

「………」

大和……會理解自己吧。

他曾經理解過一次，目送過自己一次。

那麼這次，一定也沒問題。

「大和……」

明明如此思考，心卻疼痛不已。這份不安似乎快撕裂內心。

到底什麼是最重要的，什麼是應該守護的。

她已經快連這點都無法理解了。

雖然不理解……但只有不能逃跑的意志，至今仍支撐著快要倒下的結朱。

「痛……」

一瞬間，昏迷的意識恢復原狀。

全身都在痛。意識混亂不已。

通過深呼吸以理性壓下疼痛，我緩緩撐起上半身。

「摔得真慘……」

我從大概二十階左右的臺階上，狠狠地摔了下來。

因為受到驚嚇所以沒有做好緩衝準備，傷得很重。

「骨頭……應該沒斷。」

雖然沒能避免全身挫傷，但光是這樣就算是僥倖了。

我確認著每個動作無礙，並站了起來——

「……嘖！失策啊。」

——右腳的劇烈疼痛，讓我不禁呻吟。

看樣子扭傷了啊。

平常的話就算了，現在得穿過重重人群，狀況不妙啊。

「說這些喪氣話也沒有用……」

我已經決定不停下腳步。已經決定要去見她了。

所以我用手撐住牆壁，繼續往前走。

每次輕撞到人群，每次閃避人群，腳部都會傳來劇痛。

「沒問題的，還差一點。」

不斷地深呼吸，咬緊牙關，繼續前進。

接著——抵達了目的地的噴水廣場。

車站前的大道盡頭，被眾多建築物環繞的廣場。

被鮮豔的燈飾照耀，噴水廣場顯得夢幻且美麗。

「……沒想到會以這種形式來到這裡啊。」

面對不可思議的命運，我不禁苦笑起來。

以沐浴在燈飾下的噴水廣場為背景，進而告白，和我預想的告白計畫一樣。

在預定的時間、預定的地點，以預訂的形式抵達。

「……但是，現在我覺得那是幸運的。」

畢竟事前調查做得很充足。

所以我也清楚周圍所有的建築物都封閉了，能監視噴水廣場的場所只有稍遠一點距離的橋上。

「得快點躲起來才行……」

在小谷他們抵達之前。

要是有這麼狼狽的同學站在這裡，就別說什麼告白了。

拖著疼痛的右腳走上橋，緊盯著廣場。

看向手機，距離點燈時間——也是告白的時間還剩下五分鐘。

「……來了嗎？」

小谷他們抵達廣場前。

同時，我也看向周圍。

結朱跟生瀨應該也在這附近。

「……？」

但，沒看到她的身影。

難不成我的身影被結朱看到，所以避開了？

不對，就算是這樣，對我提過的生瀨，什麼話都不說就不來也挺奇怪的。

也就是說，發生什麼狀況而遲到嗎——還是說我向生瀨探聽情報的事情，結朱打從一開始就知道了。

「結朱預謀好的嗎……」

這樣一想，合乎邏輯。

生瀨告訴我的情報，是結朱的指示。

原本，生瀨是不打算告訴我結朱的去向。

這樣想是最自然的。

但是——

『和泉能跟小結朱交往，我真的覺得很好。』

——這句話，我覺得不是謊話。

那樣的話，真相只有一個。

生瀨一定是遵照結朱的指示，同時又相信我能找到她。

所以，他應該已經提供能找出她的情報。

「快想……！」

結朱的行動原理。至今為止獲得的情報。

腦袋全面運轉，回顧至今為止的所有一切。

『亞妃的告白場所是在噴水廣場前。現在開始三十分鐘後，噴水廣場會點燈。那個時間點，亞妃會向颯太告白。然後如果順利的話，兩個人就會坐電車回家，這是我們的計畫。』

——我忽然，察覺到這段話的違和感。

生瀨的話中，含有不必要的情報。

他應該只要告訴我告白的場所就好。

為什麼連小谷跟櫻庭要搭電車回家這件事都要跟我說？

不對——為什麼，會說**只有**小谷跟櫻庭會搭電車回家。

「……生瀨他們打算利用不同的交通工具回家嗎？」

啊啊，原來如此。

要是跟告白順利的兩人一起搭乘電車回家，不就像是妨礙他們一樣。

即使搭乘不同時段的電車，小谷他們也可能在當地的車站閒逛。

他們一定會極力避免相遇的可能性。

而且比起這個——小谷跟櫻庭坐電車回家是一**切順利後**的事情。

失敗的話，為了避免尷尬，應該會各自回家。

不知道計畫的櫻庭會搭乘電車。

小谷會搭乘不同的交通工具——應該會跟生瀨或結朱一起。

「電車不行的話就是公車或計程車。要在平安夜招到計程車應該很難，思考縝密的結朱應該不會納入計畫。先去車站吧。」

但是，如果是在『聖誕節一條龍服務』場所的車站前等公車的話，就像是在說「快點找到我」。

那麼，目標就是前一站的公車站。

「結朱一定會在那邊……！」

我轉身背對開始亮燈的噴水廣場，走向公車站。

有很多想說的話，也有很多想詢問的事。

至今為止每天都在一起，明明說了那麼多話，到現在卻覺得不理解對方，真是相當不可思議。

「可惡……越來越痛了。」

隨著時間的流逝，右腳越來越痛。

但是，沒有時間可以休息。

如果小谷的告白順利的話，他們應該馬上會去搭乘公車。沒時間了。

為了抑制疼痛，我一邊深呼吸一邊走著，突然有水滴滴在我的脖子上。

「……雨？」

我反射性地抬頭看向天空，從烏雲密布的天空滴下雨滴。

沒有變成雪花，冰冷的雨水。

開始落下的雨滴，像是被解鎖般地越下越大。

「……哈，正好。讓腳踝冰敷一下。」

嘟囔了句逞強的話後，我再度邁開步伐。

腳踝每走一步就會感到疼痛，體溫也漸漸被雨水奪走。

最糟糕的狀況。即使如此，雙腳還是不可思議地邁步向前。

心臟的跳動一直很快。明明身體想停下，在說應該休息，只有心跳在命令我繼續前進。

——不是今天也沒關係吧。

內心的某處，冷漠的自己在低喃著。

隨時都能跟結朱見面。就算不執著於今天，有想說的話隨時都可以說。

「但是……正因為如此才非今天不可。」

因為今天沒有見她的理由。

正因為沒有理由，我單純依照自己的心情想要見她。

「痛……」

右腳的疼痛急速增加，與此呈反比的是步伐越來越遲緩。

但是，已經漸漸可以看到目的地車站了。

這時——

「啊……」

一輛公車駛過我的身邊。

從車站前的公車站發車的公車。

它很快就越過我，在前面一個公車站停了下來。

「等等……！」

我慌忙奔跑起來。

腳很痛，吸收了水分的衣服也很沉重。

儘管如此我還是拚命奔跑，跑著、跑著——撲通，膝蓋失去氣力，我摔倒在地。

「可惡……！」

疼痛與寒冷，似乎在不知不覺間奪走了我的體力。

我硬是站起身，走向前。

但是，公車也無情地駛去。

「沒趕上啊……？」

我不禁愕然。

不行，即使這樣還是得繼續向前走。

平安夜的馬路肯定很塞，努力的話說不定有追上的可能性。

接著，我咬緊牙關，準備重新邁開步伐時——不經意間，雨停了。

不對，還在下雨。不過沒有滴落在我身上。

有人，為了撐傘遮擋。

「這麼拚命是為了什麼呢，那邊的少年。」

從背後傳來，我一直心心念念的聲音。

突然，各式各樣的情感混雜在一起並滿溢而出，不禁有種想哭的衝動。

「……那個嘛，男人在平安夜拚命的理由，當然是為了交上女友。」

強忍著流淚的衝動，我並未回頭地回答。

「真奇怪呢，你不是已經有一個超可愛的女友了。」

「嗯，但是，那位女友是假的。我們沒有交往，什麼都沒有開始。」

沉默。

豎立在前方的，是我們沒能跨過的懸崖。

開著玩笑保持曖昧，透過場面話和理由隱藏真心。

我們總是依賴著這種沒有未來的安穩關係。

「……嗯。比起跟大和在一起，我選擇去應援亞妃。果然，我們就是假情侶呢。」

面對終於轉過頭的我，亞妃露出寂寞的微笑。

「那是我的錯，沒有阻止妳。」

聽到我的反駁，結朱輕輕搖搖頭。

「我啊，當大和沒有阻止我的時候，非常討厭呢。真奇怪，明明是我強求你的。」

結朱淡淡地訴說隱藏起來的心情。

而我，則是不發一語地傾聽。

「——喜歡上一個人，我還以為是更加閃閃發亮的美好事情。但事實卻不一樣呢。會因為你為什麼不阻止我而生氣，會因為覺得果然是搞錯了而感到不安。」

結朱低著頭自嘲著。

「今天，知道大和來到這裡的時候也是一樣。明明知道不應該卻還是很開心……明明不該逃跑，卻又想再次不管亞妃他們。」

我非常理解結朱的心情。

「現在也是……看到大和的身影明明該藏起來……回過神的時候，卻已經做了相反的事情。」

就像自己不像自己一樣，無法控制自己的情感。

她就是如此不安。

「總覺得，越來越不明白自己了。那些不該做的事情，不合情理的感情通通湧出……都快討厭自己了。喜歡一個人，竟然是這麼恐怖的事情。」

隨後，她抬起頭，筆直地看著我。

以強壓著情感似的堅毅眼神看著我。

「所以我……不需要更多了，就維持假情侶的關係就好。」

「…………」

剛才，我一定是被甩了吧。

就維持假情侶的關係就好，結朱是要求我不要告白。

「……這樣啊，但我的想法完全相反呢。」

不過，我還是沉穩地編織話語。

「我啊，一直很討厭跟人交際。討厭顧慮周圍、在奇怪事情上扮演濫好人的自己。為了解放這樣的自己，我選擇與人保持距離。」

即使是現在，我還是覺得那是正確的。

對我來說，我終於做到與人相處最舒適的距離感。

不過，只對一個人例外。

「但是，跟結朱相遇之後稍微改變了。就算是不怎麼喜歡的事，只要能讓結朱開心就好，明明是很無聊的事卻覺得開心。」

即使一個人做的時候會覺得徒勞而咳聲嘆氣的事情，只要結朱在我身邊就會變得不同。

對於那樣的改變，既新鮮又有趣，恐懼——又讓人眷戀。

「就算是現在，我也不覺得能跟其他人相處融洽。但是，我很喜歡跟結朱一起的時光，也很喜歡這麼想的自己。」

如果是現在就能說出口。

如果是現在的心情，如果是現在的自己，一定能夠好好傳達。

「所以我，喜歡上結朱了。」

就這樣，我將自己的心情原封不動地傳達出去。

她一瞬間瞪大雙眼，但馬上露出愕然又泫然欲泣的表情。

「……那是什麼啦。在聽了我剛才的話之後，竟然還說那種話？」

「很不巧，我是不懂察言觀色的陰角呢。」

接著，結朱像是要隱藏自己的表情般，將額頭靠在我的胸口。

「……笨蛋，不是說我不覺得那是好事了嗎？」

「嗯。」

「……不是也說了假情侶關係比較好嗎？」

「是啊。」

「大和總是這樣呢。做事都不理會我的希望，在此之上還讓我不安。也不擅長約會，也總是想著遊戲的事情。」

「這麼一聽，還真是過分的男友呢。」

細數自己的所作所為，連我都驚愕不已。

「真的，即使如此……即使如此，卻感到如此開心，我就像個笨蛋。」

結朱一邊說著，一邊緊緊地抱住我。

塑膠傘落於地面。

雨滴再次敲打在臉上，我毫不在意地抱住她。

「……想撤回前言只有現在喔。我一定會變得越來越討人厭，大和可能會討厭我。」

結朱依然藏著表情，低喃道。

我不禁苦笑起來。

「都這種情況了還說這種話。我可是很清楚妳的缺點。總是自賣自誇的自戀狂，在人前裝模作樣，一到關鍵時刻又變得膽小。」

「……這麼一聽，還真是過分的女友呢。」

「真的，不過，在知道這些事情的情況下，我還是喜歡上妳了呢。」

——喜歡，成功製造驚喜而露出得意表情的妳。

喜歡，明明是個自戀狂卻總是顧慮別人，遇到自己的事情就變得膽小的妳。

喜歡，為了喜歡上自己而努力，為了讓別人喜歡上自己而更努力的妳。

喜歡，偶爾會覺得那樣做有些狡猾，而因此感到自卑的妳。

但是，最後卻包含這些在內全盤接受。

那樣的女友，真是惹人憐愛到有些不甘心。

「……真的？」

面對結朱有些不安的詢問，我用力地點頭。

「真的，妳知道嗎？維持人際關係的祕訣，好像就是不能強求別人完美無缺喔。所以，就算妳這傢伙有一、兩個討人厭的地方，我還是會喜歡妳的。」

如此回答後，我感到胸口處的結朱輕笑了一下。

「那麼，再說一次喜歡我。」

「我喜歡結朱。」

「再說一次。」

「我喜歡結朱。」

「再說一次。」

「我喜歡結朱。」

說了三次後，結朱便不再要求了。

隨後，像是在深呼吸般的肩膀動了一下後，她抬起頭來。

稍微羞紅的表情配上帶點淚水的笑容，結朱說道。

「我也，喜歡大和。」

終章

想讓大和多愛我一些

隨後，假情侶關係正式畢業的第二天。

聖誕節當日，我邀請結朱來到我的房間。

在滂沱大雨中交往的兩人。在沒有他人的房間內。

這樣一來，要做的事只有一件。

「哎呀……重感冒了呢，大和。」

——沒錯，照顧病人。

結朱露出苦笑，將溼毛巾放在臥床不起的我的額頭上。

「有夠慘啊……」

昨天的高漲情緒不知道去哪了，我倒是真的發熱了，充滿疲憊地嘆了口氣。

「不只是感冒，還加上全身挫傷跟扭傷。竟然在那種狀況下想跟我見面，你也太喜歡我了吧？吶吶，這麼喜歡我嗎？有多喜歡？」

面對在床邊爆發著一如既往的自戀症狀的結朱，我給了她一記白眼。

「……身體微恙的時候還得忍受妳的煩人，實在撐不住啊。」

順道一提，昨天告白過後並沒有度過什麼浪漫時間，我只是單純地前往醫院，真是殘酷的平安夜。

這時，結朱像是想起了什麼，在自己的行李中尋找起來。

「對了，我有帶慰問品來喔。來，聖誕節蛋糕。」

「謝謝妳特地帶給我。雖然這樣說很奇怪，但病人的主食應該是粥品。」

「為了大和，我特地買了生奶油超多的那款喔。」

「不利於消化的卡路里炸彈啊。還真是包含心意。」

奇怪，這傢伙真的是我的女友？昨天發生的一切都是做夢嗎？

「欸，開玩笑的。我有好好幫你準備粥喔。」

結朱露出玩笑話到此告一段落的笑容。

「喂，不要一副進入正題的樣子還繼續騷擾我。身體不好的時候沒辦法對抗妳的手作料理啊。」

「什麼意思!?這次是真的想要好好照顧你！」

「現在的便利超商超方便的。什麼都有賣，熱的粥之類的。」

「這是什麼委婉要我去買的意思!?就這麼討厭我的手作料理嗎！」

我從床上撐起上半身，對著結朱露出最棒的笑容。

「結朱，今天真是謝謝妳。有這麼棒的女友的我真是太幸福了。但是最愛的妳如果被我傳染就糟了，妳可以先回去囉。」

「已經開始要趕我走了喔！知道了啦！真是的，就給你買來的粥好了。」

結朱不滿地拱起背，取出袋裝粥。

「不是，原來有速食品啊。為什麼明明都準備了還要挑戰手作品啊。」

「想讓大和多愛我一些囉。希望你能稱讚一下我以防萬一做為保險手段的用心良苦。」

「希望妳能在別的地方用心良苦呢。」

微妙的氣氛過後，我們同時嘆了口氣。

「總覺得，明明真的交往了，卻跟之前沒有兩樣呢。喜歡上一個人，還以為是更加閃閃發亮的美好事物呢。」

「那是因為，雙方的根本性格並未改變吧。只是交往而已，什麼都不會改變吧。」

「……這樣啊。說得也是。」

結朱不知為何開心地點著頭。

「不過，交往的第一個活動就是探病啊，真有大和的風格呢。」

「真抱歉啊，不然妳一個人跟朋友出去玩吧。」

雖然剛才是在開玩笑，但確實討厭把感冒傳染給結朱。

「不用，我想跟大和在一起。」

但結朱沒有繼續開玩笑，只是握住我的手直率地說著。

「……這樣啊。」

雖然有點害羞，我還是收下這句話。

「而且，現在去約他們的話也只有啟吾有空吧。我們單獨相處的話，大和會吃醋吧？」

雖然一瞬間無法理解結朱話中的意思……但馬上明白。

「……小谷跟櫻庭，順利交往了嗎？」

「嗯，真是太好了。」

結朱安心地笑了。

「這樣啊。那麼，還真是千鈞一髮呢。」

我因為不同的意義安心後，她歪頭疑惑。

「什麼千鈞一髮？」

「小谷他們如果順利交往的話，就會自動解除假扮情侶的關係吧。在這之前能親手結束這段關係真是太好了。」

不是被推著解決，而是靠自己的意志前進。

我是這麼想的。

「……嗯，是啊。」

結朱也毫無異議，有些害羞地點著頭。

這時，我聽到手機傳來收到訊息的聲音。

反射性地看了一眼螢幕後，發現是日菜發來的訊息。

「……聖誕節的時候收到別的女人的訊息啊。」

結朱也看到了螢幕的訊息吧，死盯著我。

「不是啦，不是什麼重要的事情。只是昨天去找結朱前遇到她，單純問我那件事而已。」

「平安夜的時候遇見!?還是來找我之前!?」

哎呀……總覺得挖坑給自己跳了。

「大和你這個渣男！不過那時候我們還沒有正式交往，好像不算花心!?難道我才是第三者!?大和你這個渣男！」

可能是因為打擊過大，結朱似乎陷入混亂。

如果不盡快讓她冷靜下來可就麻煩了。

「妳誤會了，不是只有我們兩個，還有其他女子籃球社的成員喔。」

「也就是說後宮!?」

「怎麼會變成這種說法啦——」

真不愧是結朱，思考方式總是超出我的想像。

「才剛交往就出現這麼多的情敵……這下子可不能鬆懈啊！」

「鬆懈也沒關係。我說在前頭，才沒有什麼後宮競爭。參加者一直只有妳一個。」

「……真的？」

看到結朱終於聽進我說的話，我用力點頭。

「是啊，雖然說出來很殘酷，但別以為妳男友有多受歡迎。」

不對，事實上，這種事由自己說出口也夠殘酷的。

「呼……太好了。」

結朱撫著胸口鬆了口氣。

但，下個瞬間大概是察覺到我愕然的眼神吧，她紅著臉轉過頭去。

「……我有在反省。」

「那就好。」

苦笑著原諒她後，反而煽動了她的失敗感吧，結朱「唔……」地呻吟著。

「……話說在前頭，我就是這種感覺的女人喔，你要有覺悟。」

聽到她的話，我露出苦笑。

「妳啊真的是，明明是個自戀狂卻在奇怪的地方沒有自信呢。」

「……什麼意思嘛。」

大概是覺得被捉弄吧，結朱憤恨地瞪了我一眼。

「現在這副模樣，也有獨特的可愛呢。」

對著那樣的她，我笑著說道。

「…………！」

結朱突然面紅耳赤，迅速轉過身去。

不過，因為耳根也通紅，無法隱藏她的情感。

「不管過了多久，防禦力都沒有提升呢，妳啊。」

「吵、吵死了。」

結朱邊抱怨著邊轉過身來。她紅著臉，緊緊抓住我的衣袖。

「……果然，還在害怕嗎？」

沒有任何前提與理由下，就這樣一起度過每一天。

「當然會害怕喔。這點不會改變。」

結朱略帶認真地說完後，露出微笑。

「……但是，這份幸福已經足夠沖散這份害怕了。」

是句連我都會害羞、直率的話語。

「這樣啊。」

我點點頭，輕輕握住抓住我衣袖的結朱的手。

「等我感冒好了，一起出去玩吧。」

如此提議後，結朱的表情瞬間發亮。

「好啊，我有些想去的地方——」

——對於未來，盡情想像。

心中懷抱著些許不安，以及在此之上的希望。

如此這邊，我們的戀情正式開始了。

後記

好久不見，我是三上庫太。
好的，第三集平安無事地完成了……哎呀，這次書籍難產了呢。
對於故事該如何進展有了各種煩惱，欸現在這樣應該是最棒的吧。
接下來會有一些劇透，如果還沒看完故事的請先回頭。

那麼，這次的故事徹底深入兩人的關係。
三上我的直白感想便是『欸，已經在一起了喔？這麼快？』
戀愛喜劇應該是會讓讀者更焦躁難耐，喊著你們快點交往啦這種類型的嗎？
也是會有像這樣的選項，但我刻意不這麼做。
要說為什麼，這部作品一直都是火力全開。
每次我都當作是本集完結，為了火力全開描寫兩人故事，都沒讓這份熱情冷卻。

因此，這次《超可愛》（完全沒能滲透人心的官方簡稱）終於贏來重大情節。能不能繼續寫下來也並非三上一人所能決定，但如果能繼續寫下去的話，我也會繼續火力全開。

最後是致謝。

這次也為本作繪製插圖的 saine 老師。

因為之前拖稿而給您添了麻煩的責編大人。

這次，非常勞煩您的校對大人。

以及其他，協助本書得以順利發行的所有相關人員。

還有，陪伴本系列到現在的讀者大人們。

非常感謝大家。

感謝閱讀
《快跟超可愛的我交往吧！》
Saine

浮文字

快跟超可愛的我交往吧！3

（原名：とってもカワイイ私と付き合ってよ！3）

著　　者／三上庫太
繪　　者／saine
譯　　者／橘子璋
執　行　長／陳君平
榮譽發行人／黃鎮隆
協　　理／洪琇菁
總　編　輯／呂尚燁
美術總監／沙雲佩
美術編輯／方品舒
執行編輯／呂尚燁
企劃宣傳／陳品萱
國際版權／黃令歡、梁名儀
文字校對／施亞蒨
內文排版／謝青秀

出　　版／城邦文化事業股份有限公司 尖端出版
台北市中山區民生東路二段一四一號十樓
電話：（〇二）二五〇〇－七六〇〇
傳真：（〇二）二五〇〇－二六八三
E-mail: 7novels@mail2.spp.com.tw

發　　行／英屬蓋曼群島商家庭傳媒股份有限公司城邦分公司 尖端出版
台北市中山區民生東路二段一四一號十樓
電話：（〇二）二五〇〇－七六〇〇（代表號）
傳真：（〇二）二五〇〇－一九七九

中彰投以北經銷／楨彥有限公司（含宜花東）
電話：（〇二）八九一九－三三六九
傳真：（〇二）八九一四－五五二四

雲嘉以南／智豐圖書有限公司
（嘉義公司）電話：（〇五）二三三－三八五二
傳真：（〇五）二三三－三八六三
（高雄公司）電話：（〇七）三七三－〇〇七九
傳真：（〇七）三七三－〇〇八七

香港經銷／一代匯集
香港九龍旺角塘尾道六十四號龍駒企業大廈十樓 B&D室
電話：（八五二）二七八三－八一〇二
傳真：（八五二）二七八二－一五二九

新馬經銷／城邦（馬新）出版集團 Cite（M）Sdn. Bhd.
E-mail: cite@cite.com.my

法律顧問／王子文律師　元禾法律事務所
台北市羅斯福路三段三十七號十五樓

二〇二三年三月一版一刷
二〇二三年四月一版二刷

TOTTEMO KAWAII WATASHI TO TSUKIATTEYO! Vol. 3

■中文版■

郵購注意事項：
1.填妥劃撥單資料：帳號：50003021戶名：英屬蓋曼群島商家庭傳媒(股)公司城邦分公司。2.通信欄內註明訂購書名與冊數。3.劃撥金額低於500元，請加附掛號郵資50元。如劃撥日起 10～14日，仍未收到書時，請洽劃撥組。劃撥專線TEL：(03)312-4212 ・ FAX：(03)322-4621。E-mail：marketing@spp.com.tw

國家圖書館出版品預行編目資料

快跟超可愛的我交往吧！ / 三上庫太作 ; 橘子璋譯 . -- 1 版 . -- 臺北市 : 城邦文化事業股份有限公司尖端出版 : 英屬蓋曼群島商家庭傳媒股份有限公司城邦分公司發行 , 2023.03-
冊 ; 公分
譯自 : **とってもカワイイ私と付き合ってよ！**
ISBN 978-626-356-191-5 (第 3 冊 : 平裝)

861.57 111021938

快跟超可愛的我交往吧！